D1662191

Oliver Storz

Ritas Sommer
Geschichten
aus unserer Zeit

Hoffmann und Campe

CIP-Kurztitelaufnahme der Deutschen Bibliothek

Storz, Oliver:
Ritas Sommer: Geschichten aus unserer Zeit / Oliver Storz. –
1. Aufl. – Hamburg: Hoffmann und Campe, 1984.
ISBN 3-455-07492-8

Lektorat: Jutta Siegmund-Schultze
Schutzumschlaggestaltung: Hannes Jähn unter Verwendung
eines Fotos von der ZEFA
Gesetzt aus der Garamond-Antiqua
Satz: Dingwort-Druck, Hamburg
Druck- und Bindearbeiten: Ebner Ulm
Printed in Germany

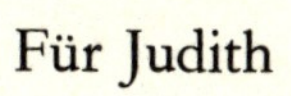

Für Judith

Helmas Höhepunkt

Es war noch nicht alles vorüber. Es war, genaugenommen, noch gar nichts vorbei. Der Frühling aber tobte, wie in anderen Jahren erst der Hochsommer. Kaum verebbte im Westen das letzte Spülicht der Nacht, da stand schon wieder der weißglühende Ball über den Waldbergen und beschien unter anderem auch die unwichtige Stadt Brimmern im Muusgau, die sich in besseren Zeiten für einen kleinen Kurort in idyllischer Lage gehalten hatte. Fast täglich sah man nun gegen Mittag die Bomberpulks nach Süden schwimmen, Richtung Ulm oder Augsburg. Die Krummtaler Flak schoß jedesmal pflichtgemäß Salut und schwieg gleich wieder beleidigt, weil nicht einmal die tiefer fliegenden Begleitjäger von ihr Notiz nahmen. Mit kränkender Gleichgültigkeit wurde das Land überflogen, das sich täglich hinhielt, grün und todeslüstern.

Niemand ging mehr in den Keller. Nur die beamteten Luftschutzwarte, in grämlicher Bereitschaft an den Einstellspritzen, wollten noch nicht an die Vergeblichkeit ihres verbitterten Pflichtbewußtseins glauben. Längst waren aus den sonntäglichen Ansprachen des Kreisleiters so buchstäblich hohe Begriffe wie Luftraum oder gar Lufthoheit verschwunden. In den Appellen ging es nun bescheidener, infanteristischer zu: Um jeden Fußbreit Heimatboden müsse gekämpft werden, hieß es so beharrlich, daß der Kreisleiter seit jenen

Tagen in der Stadt nur noch »der Fußbreit« genannt wurde bis zu seinem unheroischen Tod in längst wieder friedlicher Zeit.
In diesen Nächten, die warm und dunkel dem Aprilende entgegengingen, schlief Steff Schönemann schlecht. Es lag nicht an der unerwarteten Hitze. Es lag auch nicht daran, daß ein Schreiben vom Wehrkreiskommando gekommen war, welches ihn aufforderte, sein noch nicht sechzehnjähriges Männerleben bereitzuhalten für den Dienst am Vaterland. Es lag nicht daran, daß Steff und seine Freunde seitdem mit sonderbar gemischten Gefühlen den zickzackartigen Wettlauf verfolgten, den die Musterungskommission und ein umhergeisterndes Werbekommando der SS gegen die amerikanischen Panzerspitzen veranstalteten, um der heftig zur Geschlechtsreife erwachten Jugend von Brimmern Gelegenheit zu würdigerer Bewährung zu geben. Steff lag die Nächte wach, weil im Zimmer unter ihm Elsgund Flatt, die Wirtstochter vom »Weißen Roß«, ihren langen Abschied von den Unteroffiziersgraden des Krummtaler Fliegerhorsts mit lauten Schmerzensrufen begleitete, bis in den Morgen hinein. Schon vor zwei Tagen war mit dumpfem Gepolter das Bett zusammengebrochen. Die Herren Flieger zu Fuß aber arbeiteten parterre weiter, ein letztes Mal bemüht um ein herzliches Verhältnis zur Zivilbevölkerung, und Elsgund schrie bei offenem Fenster abwechselnd: »Oh, du mein Gott« oder einfach: »Jaaa!«. Die Stadthunde nahmen den Ton auf, gaben ihn weiter an die Kläffer im Elsterwinkel, und die trugen ihn hinaus aufs Land, wo die Dorfköter eine Oktave tiefer einstimmten, so daß in der schäbiger werdenden Nacht der hundereiche Land-

strich dalag: bellend vor Lust unter kaum kühlendem Himmel, wartend auf Erfüllung oder wenigstens Regen.
Am Morgen der vierten Nacht beschloß Steff, mit Gianni Montenuovo darüber zu sprechen, Gianni, aus Mailand über München und Donauwörth bis hierher verschlagen von einer nie ergründeten Zwangsverpflichtungsverordnung, die nach dem Badoglio-Putsch manch fremde Gestalt in süddeutsche Kleinstadtgassen geweht hatte. Gianni Montenuovos Erscheinung in Brimmern war jedoch mehr als das Resultat einer Ämterlaune im Chaos des ausgehenden Krieges. Gianni war ein Sendbote – woher? – das wußte niemand so genau, wohl aus einer Welt, die man in Brimmern bislang allenfalls im Silbertraum seltener Kinostunden hatte erahnen können oder spät nachts am leise gestellten Radio, wenn die verbotenen Sender swingende Saxophonläufe zwischen die Luftmeldungen streuten. Gianni war Musiker von Haus aus, hatte als Gitarrist in legendären Tanzkapellen von Monte Carlo bis Stockholm gespielt, zwangsverpflichtet jetzt als technischer Zeichner in einer winzigen Fabrik am Stadtrand, Gianni, um endlich die Wahrheit zu sagen, war vermutlich ein Gott, der hier, inmitten von Kommissinbrunst und Bürgerdunst, unter uns wandelte als leibhaftiger Traum von verbotener Eleganz, untersagter Musik, mißliebigem Charme, verborgener, glühend erwünschter Sünde, Gianni war die Freiheit. Sein Gang war Jazz, sein dunkler Haaransatz überm hochgestellten Kragen seines Nadelstreifenanzugs kündete von Wonnen, die zu gewähren er in der Lage war, wenngleich nie genau bekannt wurde, ob der Gott

jemals herabgestiegen war auf die Lager Brimmerner Weiblichkeit.
Steff und seine Freunde gingen vom ersten Tag an wie Gianni. Sie imitierten seinen chronischen Raucherhusten, sie verbrachten Stunden vor dem Spiegel, um ihre Haare mit Wasser oder Brillantine ähnlich nach hinten über den Kragen zu legen. Manche ahmten sogar seine wunderliche Sprache aus Italienisch und in München gelerntem Bayerisch nach. Gianni – und vermutlich war dies das eigentliche Geheimnis seines Zaubers – nahm weder die nachahmungswütige Verehrung der Jungen noch die wässernden Blicke der Mädchen zur Kenntnis. Der Gott verhielt sich, als sei ihm die eigene Göttlichkeit völlig unbewußt, entzog sich allzu deutlicher Anbiederung mit höflichem, nicht verstehendem Lächeln und verteilte andererseits seine Freundlichkeit ohne jede Herablassung, war überhaupt eher zurückhaltend als forsch, was auch daran gelegen haben mochte, daß ihm die dumpfe, hilflose Feindschaft der erwachsenen, bitter riechenden Männer gegen den »dahergelaufenen Gigolo« nicht verborgen geblieben war.
Einzig mit Steff Schönemann verband ihn ein in Grenzen persönliches, undeutlich freundschaftliches Verhältnis, was, wie Steffs Neider behaupteten, darauf zurückzuführen war, daß Steffs Mutter in der Hauptstraße ein kleines Rauchwarengeschäft betrieb, aus dessen eisernen Beständen wenige Freunde des Hauses, zufällig etwa der Leiter des Stoffbezugsscheinamtes oder der Spirituosenhändler Seel, ihre Nikotinration aufbessern konnten. Tatsache war jedenfalls, daß Steffs Berichte, die alle anfingen mit »Gianni sagt« oder

»Gianni hat«, als einzige im Freundeskreis den Vorzug der Quellentreue besaßen. Im Lauf der Zeit war Steff auf diese Weise in den Rang einer gewissen Gottähnlichkeit aufgestiegen, so daß nun auch er den Freunden nachahmenswürdig, seine Aussprüche und Meinungen verbreitenswert erschienen.
Es war Mittag. Gianni und Steff sonnten sich auf der Mauer des unteren Wehrs. Die Muus gluckerte verschämt, täglich weniger überzeugend bei dem Versuch, wie ein richtiger Fluß auszusehen, denn es hatte seit Anfang März nicht mehr geregnet.
Steff sagte: »Sie brüllt wie ein Stück Vieh, wenn's ihr kommt. Jedesmal.«
»Alles Quatsch«, sagte Gianni, »aufs Schreien du nix geben kannst. Kann gut sein, kann nix gut sein. Weißt gar nix, wenn sie schreit.«
Hoch oben kreiste eine doppelrumpfige Lightning. Die Rathaussirene hatte Voralarm gegeben. Es war immer Voralarm in diesen Tagen.
»Also, bei mir hat überhaupt noch keine geschrien«, sagte Steff, »man möchte doch mal wissen, wie man dran ist.«
Gianni warf seine Zigarette ins Wasser. Er machte lange Kippen, er rauchte sie nie, bis die Fingernägel heiß wurden. Steff hielt ihm ein neues Päckchen hin. Gianni nahm sich eine, steckte das Päckchen ein wie immer. Er riß ein Streichholz an, stützte sich mit dem Ellbogen auf die Wehrmauer und beugte sich tief über die Flamme. Es sah jedesmal aus, als beuge er sich über eine Frau, die unsichtbar in seinen Armen lag.
»Wieviel hast du gehabt?« fragte Gianni.
Steff zögerte, tat, als müsse er das mühsam nachrech-

nen, begann dann umständlich, als handle es sich um den Beginn einer endlosen Aufzählung:
»Also, die eine vom Arbeitsdienst, die hat bloß hart geschnauft, und die Erika Süßeisen . . .«, er machte eine Pause, immerhin war der alte Süßeisen Rektor der Mädchenschule und hielt auf Parteiveranstaltungen Vorträge über altgermanische Kampfspiele, aber Gianni schwieg unbeeindruckt, so daß Steff verdrossen fortfuhr: ». . . die kleine Süßeisen, die macht bloß immer: ›nicht-nicht-nicht!‹, erst langsam und dann immer schneller: ›nicht-nicht-nicht!‹, sie macht's mit vielen, aber sie sagt immer bloß: ›nicht‹ . . .«
Gianni reckte den Kopf in den Nacken und sah einfach in den Himmel. So vermutlich hatte er schon in die Azurbläue über Monte Carlo geblickt, so hatte er von der Dachterrasse des »Hot Club« den Mond über Paris beäugt. Jetzt, nur eine Lightning über Brimmern im Blick, sagte er:
»Wennst wirklich wissen willst, ob du gut bei Frau, dann du schaust ihr in Augen, verstehst? Ganz schnell hinterher du schaust ihr in Augen. Wenn du gut warst, du siehst, daß sie schielt, bissel quer guckt, so . . .«
Er senkte den Kopf, hielt sein Gesicht Steff hin und drehte beide Augäpfel nach innen zur Nase. Aber nicht so, wie Kinder es tun, wenn sie Grimassen schneiden, sondern nur ganz leicht, völlig ohne Anstrengung. Für eine Sekunde kam eine vollkommene Entrückung in sein Gesicht, so, als sei Musik in der Luft, die nur er hören konnte. »So«, sagte er, »wenn sie so schauen, bloß ganz kurz, so – du weißt, du warst gut. Dann du weißt, es war Himmel. Sonst nix.«
Steff nickte. Er hatte verstanden. Das Pensum für die

nächsten Tage, vielleicht Wochen, bis der Ruf zu den Waffen kam, war gegeben. Es war klar. Es mußte so sein. Wenn ein Mensch es wußte, war es Gianni. Steff versuchte, sich an das Gesicht der Arbeitsmaid zu erinnern, damals im Krummtaler Barackenlager, kurz vor Weihnachten. Krank war sie gewesen vor Heimweh, weil sie keinen Urlaub bekommen hatte. Steff hatte ihr ein Päckchen von seiner Mutter gebracht, denn sie war eine entfernte Verwandte. Im Gemeinschaftsraum nebenan sangen sie »Bei den Sternen hab' ich's geschworen . . .«. Steff aber schwor nichts, hielt sein Gesicht stumm und tief in ihrer Halsbeuge bis zum Schluß, und als sie drüben sangen »allzeit nur bleiben bei dir . . .«, stand sie schweigend auf, ging zum Waschbecken, fuhr sich mit der benäßten Hand zwischen die Beine, trank dann mit einem Zug einen Zahnbecher Wasser aus. Ihr Gesicht war hell und leer. Geschielt hatte sie nicht.

Und Erika Süßeisen – ach, es war dunkel im alten Kornspeicher hinter dem Töpfermarkt, und die blonde Lehrerstochter lag in schwarzer, unendlicher Tiefe unter ihm, obgleich er ihr atemloses »nicht-nicht-nicht!« dicht am Ohr hatte. Geschielt, so wie Gianni das meinte, geschielt hatte wohl auch sie nicht.

Der Krieg läpperte sich hin. Die amerikanischen Panzerspitzen stießen weit nördlich am Muusgau vorbei in Richtung Nürnberg. Die Bettlaken, die man vorsorglich unterm Speicherfenster bereitgelegt hatte, verschwanden wieder in den Truhen. Der Kreisleiter, den sie »Fußbreit« nannten, sprach wieder vom Endsieg und tröstete so die Brimmerner darüber hinweg, daß General Eisenhower sie verschmäht hatte. Hingegen

hatte ein nächtlich verirrter Feindpilot weitab von seinem Verband dem Brimmener Bahnkörper die Ehre angetan, seine Bomben auf das Gleis zwischen dem Bahnhof und dem Tunnel unterm Rabenberg zu werfen. Zu den Aufräumungsarbeiten wurden die Halbwüchsigen und die alten Männer herangezogen. Steff war bei dem Trupp, der die Bombentrichter vor dem Tunneleingang zuschütten mußte.
Gegen Mittag kam auf der schmalen Straße neben dem Bahndamm ein Ochsenfuhrwerk in Sicht. Den Ochsen führte der alte Hanfleb. Sein runder Kopf leuchtete rot durch den Staub, denn er brachte es auch in den Jahren des Mangels immer irgendwie fertig, angetrunken zu sein. Auf dem Wagen aber saß hinter einem großen Suppenkessel, flankiert von zwei kleinen Mädchen, Helma Gölz. Helma, die schöne Helma. Schräge, grüne Augen unter einer hohen Welle dunklen Haars, das lächerliche Häubchen des NS-Frauenwerks wie ein Diadem darüber. Helma mit den spitzen Backenknochen, dem feinen Hals, den schlanken Armen und unendlichen Beinen, beruhigend voll aber, fast üppig, Busen und Gesäß, damit sie – dachte Steff immer – nicht einfach unversehens vom Boden abheben und für immer aus Brimmern fortfliegen konnte. Ein Engel also mit wonnigen Haltegewichten, ein Wunder in Brimmern. Nicht – wie der italienische Musiker – hergeweht aus Traum und Fremde in dieses Kaff, sondern ganz hiesig, Muusgaugewächs, Amtsgerichtsratstochter, der Alte ein kurzbeiniger Kotzbrocken, die Mutter eine fette Klatschtante. Helma, ein Wunderspiel der Gene, in Wahrheit doch wohl eher schaumgeboren wie Aphrodite, jedenfalls nicht gezeugt von Brimmerner

Spießerbrunst, sondern eben ein Wunder – dies alles vier lichtjahrmillionenferne Jahre älter als Steff, unerreichbarer, unwirklicher für ihn als das Zucken einer Sternschnuppe und doch nun ganz selbstverständlich, als ahne sie nichts von der Sensation ihrer Existenz, Erbsensuppe in Blechteller füllend und denen reichend, die tatsächlich in diesem Augenblick an Erbsensuppe denken konnten.

Von Brimmern her heulten die Sirenen Vollalarm, was niemanden interessierte. Die Gruppe drängte sich um den Wagen. Die beiden kleinen Mädchen, die wie Zofen neben Helma gestanden hatten, waren herabgesprungen und verteilten an die erwachsenen Männer pro Kopf zwei Zigaretten. Über den Löwensteiner Bergen schwebten winzig und silbern sechs, acht, zwölf Bomber, viermotorige Liberators, gegen Südosten. Man drehte sich um und reckte die Köpfe, bestimmte Flughöhe und vermutliches Ziel.

Steff aber stand hinter dem Wagen, sah auch unverwandt in die Höhe, hatte aber andere Zielansprache zu leisten als seine Kameraden. Helma stand genau über ihm auf dem Karren und beugte sich beim Schöpfen jedesmal tief über den Kessel, denn sie trug Sorge, daß jede Portion auch ein paar Brocken vom Grund des Kessels mitbekam. Ihr Leinenrock stand weit ab und ging bei jeder Bewegung nach oben. Steff schaute hinauf in die schwindelnde Höhe, wo ihre hellen, leicht gegrätschten Schenkel in den rosa Schlüpfer mündeten. Es war einer dieser Ewigkeitsmomente, die nicht mehr verlöschen. Ewig dies: Helmas nichtsahnende Hinterbacken – wann je zuvor und jemals wieder Aphrodites Hintern aus solcher Nähe preisgegeben sterblichen

Blicken? –, und die Viermotorigen dröhnten da oben, und in der Nähe, unsichtbar, rülpste der alte Hanfleb fast melodisch, und Steff wartete, er wußte nicht, worauf, daß der Himmel einstürzen würde oder daß alle Bomber der US-Airforce herabflögen und die Welt unter sich begrüben, weil jetzt nichts Neues mehr kommen würde in diesem Leben. Es stürzte aber nichts ein, und als Helma rief: »Wer will noch mal?«, entdeckte Steff auf ihrer rechten Backe, dicht neben der Poritze, eine winzige Stopfstelle, einen kleinen Stern aus weißem Garn auf der rosa Wölbung, und Steff starrte auf diesen rührenden Makel der Göttin, also auch sie an so menschlicher Stelle den irdischen Zwängen der allgemeinen Textilknappheit unterworfen – in diesem Augenblick raste schon heulend, leuchtspurspuckend der riesige Schatten flach über dem Bahndamm heran. Steff sah die Maschine erst, als sie drüben am Waldrand wieder hochzog, eine Thunderbolt, fast senkrecht stieg sie, eine unglaublich enge Kehre flog sie und kam wieder herein, aus allen Tragflächenrohren feuernd.
Da aber lag Steff Schönemann schon unterm Ochsenkarren mit Helma Gölz. Aus seinem tiefen, in Helmas Unteransicht versunkenen Traum hochfahrend, hatte er erkannt, daß der rettende Tunneleingang, in den sich die anderen flüchteten, jetzt um tödliche Meter zu weit entfernt war für ihn, den Träumer, und für sie, die in lähmendem Schrecken Erstarrte auf dem Wagen. Sie hatte noch die Schöpfkelle in der Hand, als Steff schon mit einem Sprung seitlich über die Pritschen hinaufgeentert war, seine Arme um sie geschlungen und sich dann wieder mit ihr kopfüber hinuntergestürzt hatte. Sie schlugen hart auf, er fest mit dem ganzen Gewicht

auf ihrem Leib, so daß ihr die Luft mit einem Stoß aus dem halbgeöffneten Mund fuhr. Er, noch immer die Arme fest um ihre Hüften geklammert, wälzte sich auf den Rücken halb unter den Wagen, sie auf ihm jetzt, ihre Augen dicht über seinem Gesicht, zornig und grün, schwarze Splitter darin, erschrocken wohl mehr über sein wildes Zupacken als über den Tiefflieger. Er aber wälzte sich mit ihr weiter, lag nun wieder auf ihr, ließ sie nicht los, fühlte nur noch dicht am Hals rasenden Puls – seinen? – und lag nun endlich ganz unterm Wagen, lockerte seinen Griff, ließ sich seitlich zu Boden fallen, während sie, von seinem Gewicht befreit, keuchend neben ihm auf dem Rücken lag, ganz so, wie sie sonst wohl schon atemlos nach den Attacken anderer, befreundeter Flieger dagelegen haben mochte, das Gesicht Steff zugewandt, mit ruhiger werdendem Atem, ganz still schließlich und – lächelnd.
Steff schob den Kopf dicht zu ihr hin, bis seine Nase fast die ihre berührte. Es roch ganz leicht nach Kölnisch Wasser und Schweiß, es roch so, wie es nie wieder riechen würde. Und all dies war. War wirklich. Keiner hatte es erfunden. Hielt stand, gab nicht nach ins Bodenlose, war da, trug auch jetzt noch, als Helmas Augen verschwanden, weil sie den Kopf drehte, um ihn zu küssen, während die Thunderbolt jetzt schon in der Ferne dröhnte, die Bordwaffen schwiegen und endlich das Motorengeräusch wieder hoch und unbeteiligt über den Waldbergen stand, als habe der Pilot niemals den Einfall gehabt, einen Angriff auf eine Brimmerner Gulaschkanone zu fliegen.
Es war noch eine Weile still, bis die anderen aus dem Tunnel kamen, bis der alte Hanfleb mit schrecklichen

Flüchen gegen die feigen Luftbarbaren den Tod seines Ochsen beklagte, bis Helma und Steff, jeder auf einer anderen Seite, unter dem Wagen hervorkrochen, bis man mit Kennerschaft die Einschüsse im Suppenkessel, im Ochsen, im nahen Bahnwärterhäuschen betrachtete. Es war gerade so lange still vor dem Einsatz des allgemeinen Überlebensgeplappers, daß Helma unterm Wagen in Ruhe ihre Lippen von Steffs Mund lösen und sagen konnte: »Pfeif um zehn ›La Paloma‹ vorm Haus, ich komm' runter.«

Und jetzt war es elf, und Steff hatte nicht »La Paloma« vor Helmas Haus gepfiffen. Je näher er sich darauf zubewegt hatte, desto klarer war ihm geworden, daß es ungünstig, ja unziemlich gewesen wäre, die Liebesbereitschaft der Göttin in Anspruch zu nehmen, ohne zuvor sicher zu sein, sie auch in jenen Glückszustand versetzen zu können, der laut Gianni Montenuovo allein am nachträglichen Schielen ablesbar war. Hinzu kam, daß nun täglich mit der Ankunft der Werber zu rechnen war, die Steffs pflichtgemäß zum Opfertod drängenden Jahrgang schleunigst in die sich entzündende Schlacht bei Crailsheim werfen würden. Jedes Rendezvous konnte das letzte sein. Und ein unerträglicher Gedanke überfiel Steff etwa hundert Meter vor Helmas Haus: Falls das Glück der Liebe und das des Krieges sich gegen ihn wenden sollten, würde er in Helmas Gedächtnis fortleben als toter Held, dessen Fähigkeiten in Liebesdiensten jedoch weit hinter seiner Wehrdiensttauglichkeit zurückgeblieben waren. So kam es, daß Steff Schönemann in der warmen Nacht beim alten Familienbad die Abzweigung in den Elsternwinkel genommen hatte und sich nun im Anmarsch auf Rita

Fröhlichs massigen, wohlvertrauten, wenn auch nicht mehr ganz jungen Leib befand.
Ritas Zimmer war dunkel und eng. Er kannte es von klein auf, als sie noch im Zigarettenladen bedient hatte. Rita Fröhlich mit dem dicksten und gutmütigsten Hintern von ganz Brimmern, die erste Frau in Steffs Leben, die es ihm ermöglicht hatte, den theoretisch wohlbekannten Unterschieden zwischen den Geschlechtern auf den Grund zu gehen, ohne allerdings mehr zu gestatten oder zu erwarten als den Genuß, den sorgsame Erkundung eben gewähren konnte. Als sie vor zwei Jahren einen Flakfeldwebel mit abstehenden Ohren geheiratet hatte, trauerte Steff lange Wochen um jene stillen Augenblicke im Laden nach Geschäftsschluß, wenn Rita die Kasse machte, breitbeinig hinter dem Ladentisch, während Steff hinter ihr stand und seine Pimpfenhand in ein Terrain vorschickte, das nicht verteidigt wurde, wenngleich Rita es an leisen Warnrufen, das Weitergehen sei verboten, nicht fehlen ließ. Erst wenn das Forschungsgebiet sich aufgetan hatte, sorgte Rita mit jähem Schenkelschluß für eine vollkommene Geländeveränderung, zog den immer noch gutmütigen Hintern ein, so weit ihr dies möglich war, drehte sich um und sagte mit schwimmendem Blick: »Draufhauen müßt' ich dir, wennst nicht so ein braver Bub wärst.«
Der Flakfeldwebel stand im Wechselrahmen, mit Preßblumen geschmückt, auf Ritas Nachttisch. Leibhaftig stand er im Erdeinsatz bei Wien. »Er schreibt so schöne Briefe«, sagte Rita, »du möchtest nicht glauben, daß einem Menschen so was von selber einfällt.« Dann knipste sie die Lampe aus, so daß der Feldwebel, der

bislang eher interessiert als mißgünstig aus seinem Fotorahmen aufs Bett herübergelächelt hatte, plötzlich im Dunkeln stand. Steff hatte wohl, solange das Licht noch brannte, zu oft verstohlen zu ihm hingesehen und allmählich die Szene fast mit den Augen des Artilleristen erlebt. Jetzt, beim Verlöschen der Lampe, fühlte er sich daher mit ihm erblindet, ausgeschlossen, betrogen und fiel mit plötzlicher Wut über Ritas im Dunkeln schier endlos ausgebreitetes Hügelland her. Sie machte: »du-du-du«, es klang aber eher verstört als beeindruckt, und als sie genug Luft hatte, um den Satz zu vollenden, stellte sie sachlich fest: »Du bringst einen ja um.«
Steff, atemlos, schweißnaß, ließ sich neben ihr aufs Bett fallen. Mit verzweifelter Deutlichkeit war ihm mit einem Mal klar, daß sein Leben vertan war, was er sich irgendwann einmal bei dem Wort Leben vorgestellt hatte – fern von ihm lief es ab, das Leben, irgendwo draußen im Dunkel der Aprilnacht, wo schon wieder Elsgunds Schreie drüben am alten Stadtgraben von den Taten der Luftwaffe kündeten. Und dahinter, ganz leise, wie Meeresbrandung: die Front. Er aber lag da, stumm und bewegungslos, unnütz, zu keinem Sinn erschaffen, zu keinem Zweck tauglich, so fehl am Platz, so wenig vorhanden wie drüben der Feldwebel auf dem Nachttisch.
Da aber tat Rita Fröhlich etwas. Und noch was. Und war mit ihrer ganzen übermächtigen Masse schon auf ihm und über ihm und um ihn herum. Es war kein Platz im Bett, an dem Rita nicht gewesen wäre. Rita riesig, Rita überall, das Bett, das Zimmer, die Nacht, alles hob und senkte sich in einem Takt, den unhörbare Glocken schlugen, und Steff wußte plötzlich, daß es dies war, seit

Urbeginn bis in alle Ewigkeit dies. Die Saurier mußten sich schon so gepaart haben, und nicht anders würden es die letzten Säuger auf irgendeinem versehentlich übriggebliebenen Atoll tun, und während das Zimmer noch bebte, sendete Rita Fröhlich aus der undurchdringlichen Schwärze ein leises, hohes Wimmern, lang gezogen, wie unter nie gekanntem Schmerz, gurgelnd dann, erstickend endlich, so daß Steff unsicher war, ob er diese Laute und ihr qualvolles Verstummen wirklich noch als Lust, als gar von ihm verursachtes Sinnenglück deuten durfte. Es wurde ihm unheimlich. Er knipste die Lampe an. Rita, noch über ihm kauernd, zusammengesunken, fiel schwer atmend zur Seite, hielt sich die Augen zu.

Der Feldwebel lächelte deprimiert. Hinter Steff wälzte sich Rita mit ruhigerem Atem.

»Bub«, sagte sie langsam, offenbar in tiefem Nachdenken, »Bub, wo du's bloß herhast, du Lausbub . . .« Ihr Gesicht war schlaff und plötzlich ganz fremd, im Schein des roten Lampenschirms rosig zwar, doch wächsern, leer. Sie hat auf einmal riesige Augen, dachte Steff. Und da erst fiel ihm wieder ein, weshalb er hergekommen war. Er rückte die Lampe näher an den Bettrand und beugte sich prüfend über Rita. Ihre Augen waren wirklich sehr groß und rotgeädert.

Aber sie schielten nicht.

In diesen Tagen, da der große Feldherr in seinem Berliner Bunker unermüdlich Panzerdivisionen in den Endkampf warf, die längst nicht mehr existierten, hatte in Brimmern manche junge Frau neben der aus nächster Nähe miterlebten Weltgeschichte noch anderen Grund zur Nachdenklichkeit. Unabhängig voneinander wunderten sich zwei Küchenmädchen des Krummtaler Horsts, ein weiblicher Luftschutzrevierwart, drei Helferinnen des Frauenwerkes und eine Schreibkraft der Kreisleitung über die merkwürdige Unritterlichkeit, mit der ihre jungen Freunde inmitten zärtlichster Umarmungen im Fliegerwäldchen oder auf dem Burghügel plötzlich ihre Taschenlampen herausrissen und ihnen ins Gesicht leuchteten. Steff und der kleine Freundeskreis, den er in Giannis Expertise eingeweiht hatte, arbeiteten unermüdlich an der Aufgabe, sich wenigstens einmal im Vollgefühl männlichen Beglükkungsvermögens fühlen zu können, bevor der Krieg endgültig zubiß.

Nachts war nun der Geschützdonner von der Jagst her deutlich zu hören. Die Musterungskommission aber fiel dem Feind in der Gegend von Heilbronn in die Hände, an dem Tag, an dem ihr Erscheinen in Brimmern mit Gewißheit erwartet wurde. Unversehens wich der Druck von Steff und seinen Kameraden. Sie lagen in der Sonne am unteren Wehr, einerseits verdrossen, daß der Krieg, der so erregend mit Mündungsfeuer und Brandgeruch schon über den Horizont hereingezüngelt hatte, sie nun doch nicht haben wollte. Andererseits aber, dachte Steff, wenn man sich erst einmal an den Gedanken gewöhnt hatte, daß all dies weitergehen würde – ein langer, heißer Sommer stand vor der Tür, hielt schon die Sternbildnächte mit den Lotterbetten aus Heu hinter den Hügeln bereit, auf denen man bis ins Morgengrauen lungern würde, nicht untätig zwar, aber doch nicht mit dem Jetzt-oder-nie-Gefühl. Vielleicht war Zeithaben, Älterwerden nicht so schlimm, wie man

immer gemeint hatte, als man unter der ausdauernd besungenen Fahne der jungen Helden marschiert war, der Helden, die man ja nur so nannte, weil sie jung waren und tot.
Auf ganz andere Weise tot freilich war Steff für die schöne Helma. Er sah sie zuweilen auf der Straße. Aber sie sah ihn nicht.
Gegen Abend kam Wind vom Süden auf und mit ihm ein SS-Kommando. Steffs Jahrgang wurde in der Volksschulturnhalle zusammengetrommelt, die Ausgänge mit Posten besetzt. Sie wußten nicht, wie ihnen geschah, so schnell waren sie freiwillig gemeldet, erfaßt und vereidigt. Sie nannten sich nun »Panzervernichtungskommando«, waren stolz und zu Tode erschrokken und marschierten unter scharfer Bewachung noch in derselben Nacht das Muustal hinauf nach Krummtal, wo sie im wohltuenden Durcheinander des sich auflösenden Horsts Unterkunft bezogen im schon geräumten Barackenlager des weiblichen Arbeitsdienstes. Am nächsten Morgen sollte die Schnellausbildung an Panzerfaust und Karabiner beginnen. Aber die Nacht bis zu diesem Morgen war lang.
Gegen Mitternacht kam Alarm, der Steff jedoch nicht bei seiner Truppe fand. Er hatte schon früh am Abend danach getrachtet, in nähere Berührung mit einer Abteilung von Flakhelferinnen zu kommen, die jenseits des Zauns ihre Unterkunft hatte. Es konnte nie schaden, in der Nähe von Frauen zu sein. Mit dieser Devise war man bisher gut gefahren, und er war entschlossen, es auch im Krieg so zu halten. Schnell hatte er begriffen, daß der kluge Soldat gut daran tat, sich eine gewisse Bewegungsfreiheit zu sichern, indem er sich für harm-

lose Sonderaufgaben freiwillig meldete. Der Übergang von dienstlichen Einzelgängen zu eigenmächtigen Unternehmungen ist dann nicht mehr schwer, wenn man darauf achtet, stets einen hohen Grad von Pflichterfüllung in Mimik und Gang zu wahren. Steff hatte so als Hilfsschreibkraft bei der Ausgabe der Stahlhelme gewirkt, hatte widerspruchsvolle Anordnungen und Reklamationen zwischen den alsbald zerstrittenen Wehrmachts- und SS-Betreuern hin- und hergetragen und war schließlich als selbsternannter Kaffeeholer für die weibliche Flakabteilung aus dem Gesichtskreis seiner Kameraden verschwunden. Die kartoffelbäuchigen, übermüdeten jungen Frauen saßen mürrisch an den Funkmeßgeräten. Nacht für Nacht peilten sie sinnlos Feindflüge und Flughöhen für Batterien, die schon vor Tagen verlegt worden waren. Nur noch die Geschützrohre von Attrappen ragten aus den leeren Stellungen. Die Mädchen waren kriegsmüde und in Gedanken bei den echten Geschützrohren und ihren Bedienungen, deren Bilder im Bereitschaftsraum an der Wand hingen. Als er genügend schwere, glühendheiße Kannen mit Zichorie hereingeschleppt hatte, betrachtete Steff neugierig die Galerie der Kanoniere, die sich fast alle in engem Kontakt mit ihren 75-mm-Rohren hatten fotografieren lassen. Manche von ihnen saßen rittlings auf dem Geschütz, strahlten in die Kamera, während sie das angriffslustig zwischen ihren Beinen hervorspringende Rohr mit beiden Händen umklammerten, keinen Zweifel daran lassend, wie verwachsen sie sich mit der Waffe fühlten. So in blanker, ewiger Erektion erstarrt, lachten sie von den Wänden, waren vielleicht schon tot oder gefangen, veranlaßten aber

immerhin Steff, einen schnellen, beklommenen Blick an sich hinabzuwerfen.
Dieser Blick wiederum, von dunkel unterringten Augen beobachtet, sorgte für Heiterkeit unter den graublauen Damen. »Kleiner Mann, was nun?«, sagte die eine. Und eine andere: »Laß mal, Kleiner, 'ne Zwanzig-Millimeter-Einling mit schneller Schußfolge ist auch was Schönes.«
Steff beschloß, ein Päckchen echte Salem zu opfern, und warf es auf den Tisch. Sie schnappten gierig danach, verteilten die Zigaretten im Nu, über Drahtfunk kam gerade die erste Frühwarnung für den Luftraum Südwest IV, und Steff wußte plötzlich, daß irgend etwas Neues angefangen hatte, noch keine zehn Kilometer von Brimmern weg, und schon etwas ganz Neues, versuchte, es zu erschnuppern, roch aber nur Frauendunst und merkte, daß es Frauendunst und noch etwas anderes war, so, wie auch der zahnwehsüße Likör, den sie ihm jetzt anboten, nach Likör und noch etwas anderem schmeckte, und fahndete mit allen Sinnen nach dem anderen, hörte sich sagen: »Der Krieg fängt ja lustig an« und wußte immer noch nicht, was es war, während die Mädchen ein Koffergrammophon hervorkramten und so verbotene Sachen wie »Midnight in Chicago« und »Harlem Swing« spielten. Manche tanzten dazu. Plötzlich taten alle so, als sei längst ein Fest in Gang, eine Feier, deren Anlaß inzwischen vergessen worden war.
»Kriegstanz«, dachte Steff, und der Drahtfunk meldete, daß starke Feindverbände den Stuttgarter Raum in nordöstlicher Richtung überflogen. Die Bereitschaftsschicht wechselte, andere Mädchen kamen in den

Raum, tanzten gleich, die Schirmmützen mit dem Adler noch auf dem Kopf, plump, graublau, stampfend in den halbhohen Rohrstiefeln, dieselben aufgeschwemmten, übermüdeten Gesichter mit dem Marika-Rökk-Lächeln auf der Talgschicht von Überdruß und bekümmerter Gier. Eine Weile versuchte Steff, Ordnung in die Sache zu kriegen und die einzelnen Frauen den Soldaten zuzuordnen, die von der Wand her immer noch ausdauernd die Last ihrer 75-mm-Rohre in den Raum hielten. Aber es ging nicht, weil es die Mädchen einzeln gar nicht gab. Sie waren ein vielbeiniger, trauriger Klumpen, der sich nun, als endlich der Alarm kam, in den angrenzenden Steinbruchstollen wälzte, und Steff als Lawinenkern mitten darin.

Im hintersten, finstersten Winkel des Stollens, fast unerreicht vom Schein der am nackten Fels aufgehängten Petroleumfunzeln, hatten sich die Mädchen ein Nest aus alten Matratzen gebaut, das sie den »Salon« nannten. Im Salon war es im Nu stickig und voll. Ein Raucherabteil in einem überfüllten Zug, der durch einen niemals endenden Tunnel fährt. Wo Steff hinrückte, geriet er an ein Stück warmes, nachgebendes Dunkel. Er saß wie ungeboren in einem riesigen Frauenleib. Ein einziges, an Ausbuchtungen und Vertiefungen reiches Wesen. Es war allgegenwärtig. Es konnte alles auf einmal. Es sagte links an seinem Ohr: »Frierste?« Es plapperte zugleich rechts drüben: »Achduheimatlandziehdeinehaxeneinmenschlotte«, und es tränkte ihn mit dem süßen Zeug, bediente gleichzeitig das Koffergrammophon, kraulte nebenbei in seinen Haaren, hatte aber bei alledem noch immer eine Hand frei für Aufbauendes. Eine kundige, fordernde, geduldige Hand, die Steff langsam und stetig über sich hinauswachsen ließ. Er staunte, cr fühlte sich riesig werden. Die Felswände zitterten jetzt leise, weil die Airforce sich den Luxus erlaubte, die längst unbenutzten Startbahnen des Krummtaler Horsts zu bomben. Die Likörflasche kreiste, Fats Waller sang »Far out in the stars«, die Hand aber tat alles, um in dieser Nacht der Bomben und Zerstörung etwas Konstruktives zu leisten, und Steff saß bewegungslos auf seiner Matratze und fühlte sich immer weiter über sich hinauswachsen.

Er ragte seiner Schätzung nach nordöstlich ins Dunkel hinein, mit fünfzig Grad, den Schuß schon im Lauf, als weither vom Stolleneingang die Parole durchsickerte: »Vorentwarnung, raus zum Löschen!« Die Hand aber blieb in dem allgemein einsetzenden Gestolper und Gedränge ganz ruhig, hielt fest, was einzig festhaltenswert war in dieser unordentlichen Finsternis, bis alles wieder ganz still war.

Es war die Nacht zum letzten Aprilmorgen. In seinem Berliner Bunker schrieb der große Feldherr seinen letzten Willen. Eine Schicksalsnacht. Der Weltgeist atmete in Orkanen. Der Feldherr in Berlin schrieb zuversichtlich, daß die seinen Namen tragende Jugend auch weiterhin und bis in alle Ewigkeit kein anderes Ziel vor Augen haben werde als die Ehre der Nation. In seinem Krummtaler Steinbruchstollen aber sah Steff Schönemann auf dem Matratzenlager im Schein seiner Taschenlampe ein anderes Ziel vor Augen, das ihm im Augenblick nicht niedriger schien: Zwischen tropfenden Felswänden, klaftertief unter der Welt lag sie, kinderklein plötzlich im Strahl der Lampe, lag mit

aufgestemmten Kommisstiefeln und hochgeschobenem Rock und blinzelte schielend ins Licht. Hatte die Augäpfel nasenwärts gedreht, ganz nach Giannis Angaben, schielte, hatte keine Ahnung davon, daß sie in diesem Augenblick für Steff das Chaos des Planeten in Harmonie verwandelt hatte, und sagte: »Mensch, mach die Funzel aus, oder hast du noch nie was von Nachspiel gehört?«
Er knipste das Licht aus, legte sich zu ihr, bedeckte ihr Gesicht mit Küssen, stammelte wirre Worte des Dankes, während sie schläfrig murmelte, beim Nachspiel sage man nicht danke, sondern spreche, wenn überhaupt, davon, daß die Liebe ein Geschenk sei wie die Musik, eine Symphonie oder jedenfalls sonst irgendwie was Klassisches. Sie hieß Marlene und war aus Duisburg. Ihr Vater hatte dort eine Brauerei. Die war ausgebombt.

Es war ein sonniger Morgen. Und irgend etwas war ganz anders geworden. Steff war gegen fünf aufgewacht, allein in der Finsternis. Von Marlene keine Spur. Er hatte seine letzte Zigarette geraucht und war dann im Schein der Taschenlampe nach vorne geschlichen, wo das Sonnenlicht eine schräge, grelle Bahn in das Felsentor legte. Er wollte hier abwarten, bis der erwachende militärische Betrieb ihm Gelegenheit geben würde, sich mit pflichterfüllter Miene und dienstlichem Gang einzureihen wie einer, den ein Sonderauftrag schon vor Morgengrauen auf die Beine gebracht hatte. Aber irgend etwas war anders. Er merkte, daß seine Uhr stand. Die Sonne war schon hoch am Himmel, es mußte auf zehn oder elf zugehen. Und in

der Ferne hörte man deutlich vom Muustal herauf alle Brimmener Kirchenglocken schlagen. Aber sie schlugen nicht die Stunde, sie läuteten ohne Unterlaß durcheinander, feierlich und inständig, sie hörten gar nicht mehr auf. Brandgeruch war in der Luft, und hart vor dem Stolleneingang klafften zwei Bombentrichter.
Steff schlich leise durch die leeren Stellungen, vorbei an ausgebrannten Unterkünften und bog dann in die Barackengasse zum Appellplatz ein. Wie zur Andacht standen da still, in lockerer Ordnung die Kolonnen angetreten. Sie standen im Karree, alle in einer Richtung, ein Festzug, der schon viel zu lange auf das Zeichen zum Abmarsch wartete. Vor der ersten Kolonne stand ein olivgrüner Lkw, dreiachsig, mit laufendem Motor. Und jetzt erst sah Steff die Burschen mit den olivgrünen Kugelhelmen und umgehängten Sturmgewehren, die rauchend an den Kolonnen auf und ab schlenderten. Es war ganz still. Nur ein Luftwaffenzahlmeister mit einer weißen Binde am Arm mußte ab und zu etwas brüllen, weil er wichtig war. Er leistete was.
Die vorderste Kolonne kletterte auf den Wagen. Der Zahlmeister gab ein Zeichen, und der Truck fuhr in einer weißen Staubwolke ab. Es kam aber schon ein neuer Wagen aus einer anderen Richtung. Es ging alles sehr schnell jetzt. Die Offiziere und Mannschaften des unnötigen Krummtaler Horsts wurden verladen. Dann kam Steffs Haufen. Den hatten sie in der Nacht noch feldgrau eingekleidet, als er längst im Unterstand bei den Flakmädchen gewesen war. Steff erkannte sie erst, als sie Mann für Mann auf den Truck kletterten. Heiner

King und die anderen. Feldgrau, dachte Steff, was ein paar Stunden in Feldgrau ausmachen. Sie hatten fremde Gesichter. Sie bewegten sich wie in der Wochenschau. Und da fand sich Steff plötzlich in Bewegung auf den Appellplatz zu, mit erhobenen Händen, im Laufschritt, bis ein baumlanger, dunkelhäutiger Amerikaner ihn seitlich am Arm packte und herumriß. »I am your prisoner«, sagte Steff. Aber der Ami drehte ihn mühelos, wie an einem Griff, herum, gab ihm einen Tritt in den Hintern und lachte: »Go home, general!«
Erst in diesem Augenblick merkte Steff, daß es schon die ganze Zeit in seinem Kopf gedröhnt hatte vor Glocken und Rauch und einer dumpfen Feierlichkeit bei dem undeutlichen Gedanken, es sei etwas Unbegreifliches eingetreten, für das es noch keinen Namen gab oder noch keinen richtigen, denn Wörter wie Waffenstillstand oder Frieden trafen es nicht, es war neben Erde, Luft, Wasser ein neu entdecktes Element, in dem man atmen, gehen, schwimmen konnte. Er sah drüben die Kolonne der Flakhelferinnen auf den Truck steigen, sie waren immer noch der graublaue Klumpen, vielbeinig, mit dem zwanzigfach vervielfältigten Gesicht voller müder, geiler Melancholie. Marlene war nicht dabei. Er mußte aber jetzt bei Marlene sein. Es war klar, denn er war ein Mann, und sie brauchte ihn jetzt.
Er fand sie nach Stunden in einem Winkel der zertrümmerten Batterieleitstelle. Sie kauerte vor einem aus den Fugen gekrachten Schrank und sammelte halb zerschmolzene Dosen, aus deren Nähten der zähe Brei weißlicher Schokolade quoll, in ein Tuch. Sie hatte ein weißes Strickjäckchen an und einen Zivilrock, nur die

Rohrstiefel verrieten noch ihre Zugehörigkeit zu den Graublauen. Sie legte einen Finger auf den Mund, zwinkerte ihm zu und sagte: »Hab' mich abgesetzt. Ich mach' heim. Die anderen kommen nach Ulm, Schutt räumen.«

Sie stand auf und streckte ihm eine klebrige Schokodose hin. »Ist prima, bloß bißchen weich. War Schwein, daß wir so lange im Stollen waren.«

Steff war immer noch schwindlig. Er sah sie vor sich stehen. Die Sonne glänzte in ihrem rotbraunen Haar. Er hatte sie sich in der Nacht blond vorgestellt. Sie hatte ganz helle, blaue Augen. Und Steff wußte plötzlich, daß schon wieder was in der Welt außer Rand und Band war. Irgend etwas Unfaßbares mußte schon wieder passiert sein. Immer diese Scheiße, dachte er, immer irgendeine andere Scheiße, man kommt aus dem Staunen einfach nicht heraus. Das Friedensgebimmel der vereinigten Kirchen des Muusgaus klang aus. Und mit den letzten Schlägen wußte Steff auch, daß zu Glockengeläut oder sonstiger Feierlichkeit wenig Anlaß bestanden hatte, denn er starrte fassungslos in Marlenes Augen.

Und die schielten immer noch.

Der Friede war laut und hatte die Süße von Natrongebäck, Wrigley-Gum und Benny Goodmans Klarinette. Der Friede roch nach Lucky-Strikes und war heiß; der ganze lange Sommer, Staubwolken hinter rasenden Jeeps, lachende, braune Gesichter hinter Windschutzscheiben, in denen Laub und Sonne und Straßen spiegelnd ineinanderliefen. Manchmal das schöne, hochmütige Gesicht Helmas mitten darin. Es herrschten klare Verhältnisse. Die Sieger fuhren in Jeeps. Die Verlierer gingen zu Fuß. Helma Gölz war unter den Siegern. Sie trug die ersten Nylons in Brimmern. Die Hitze dauerte an, aber Helma trug die Nylons und zeigte sie bis obenhin, wenn ihr Rock sich im Fahrtwind blähte. Der Sommer bestand daraus, daß Helma immerzu auf dem Beifahrersitz eines Jeeps am Leben der Verlierer vorbeiflitzte. Zum Greifen nah raste sie an Steff vorbei, war fern wie eine Sternschnuppe, makellos und entrückt.

In den Nächten jammerte Elsgund Flatt wieder mit den Hunden. Die Männer von General Pattons dritter Armee leisteten einen ersten Beitrag zur Völkerverständigung, und zweisprachig schallte es nun »Oh, du my daaaarling« oder »Mach, mach, Honey« über die Gassen hin. Die Wälder wogten schon bunt, es kamen die ersten kühlen Nächte, als Steff Schönemann immer noch nicht das Dröhnen von Unordnung und Staunen in seinem Kopf losgeworden war. Sie badeten im hinteren Hummelsee, er immer ein bißchen abseits von den anderen seit einiger Zeit. Und am Waldrand, schon in blauen Schatten, stolperte er am einsamen Westufer des Weihers eines Abends, tief in Gedanken versunken, in eine Farnkrautmulde, aus der wütend ein nackter, brauner Körper emporfuhr. Es war noch hell genug, um zu sehen, daß der muskulöse Mann über und über tätowiert war, beherrschend auf der haarlosen Brust, rot und blau, eine angreifende Schlange. Der Mann streckte einen befehlenden Arm aus und schrie: »Get lost, bastard.« Den anderen Arm konnte er nicht bewegen, denn er hatte ihn mit dem Ellbogen ins Gras gestützt, und auf dem Unterarm lag wie auf einem

Kopfkissen Gianni Montenuovos schönes Haupt. Für eine Sekunde nur sah Steff sein Gesicht. Es hatte denselben verzückten Ausdruck, den laut Giannis Auskunft eine Frau haben mußte, wenn sie aus gewissen Gründen schielte.
Es würde so bleiben, dachte Steff, als er tief im Wald auf dem Teppich aus Moos und Nadeln lag. Es würde so bleiben, man käme vielleicht sein ganzes Leben lang aus dem Staunen nicht heraus. Er warf seine Kippe ins Unterholz in der undeutlichen Hoffnung, es werde vielleicht ein riesiges, noch nie dagewesenes Feuer entstehen. Aber es entstand nichts. Der Sommer war vorbei.

Jahre wie Watte dazwischen. Es war alles vorüber. Es war längst alles vorbei. Im Radio sagte ein wichtiger Mann, man sei wieder wer, und der alte Hanfleb, inzwischen blaugesichtig, fand das auch. In irgendeinem April kam Helma über Ostern auf Besuch aus Amerika. Sie hieß nun Sampsey und wohnte in Kansas City.
»Da war's«, sagte sie zu Steff Schönemann, als sie die schmale Straße am Bahndamm entlangbummelten, wo immer noch das Maul des Rabenbergtunnels sein O formte, obwohl die Strecke längst nicht mehr befahren wurde. Steff erklärte umständlich, daß jetzt nur noch Bahnbusse nach Roterlbach hinaufführen seit dem Bau der Schnellstraße.
»Aber da war's«, sagte Helma eigensinnig. Die zehn Jahre sah man ihr nicht an. Auch die zwei Babys nicht und den dazugehörigen Mann, wer immer das sein mochte. Sie war, wie immer, wenn sie ins Blickfeld der

Sterblichen geriet, gerade von irgendwoher herabgestiegen, frisch aus den Sternennebeln eingeflogen, aus einer Zufallslaune nun eben in Gestalt einer Mrs. Sampsey aus Kansas City am stillgelegten Brimmener Bahngleis. »Und du, Steff«, sagte sie, »bist du bald ein lawyer – oder wie heißt das auf deutsch?« Steff sah sie wieder auf dem Ochsenwagen stehen, hoch, königlich, Almosen verteilend, mit der winzigen sternförmigen Stopfstelle rechts neben der Poritze. Er begriff, daß es immer aussichtslos gewesen war, irgend etwas vergessen zu wollen. »Komm«, sagte Helma.
Es war ein Apriltag mit heftigem Wechsel von Düsterkeit und leuchtenden Viertelstunden. Helmas Koffer waren schon halb gepackt. Gegen Abend fuhr ihr Zug, mit dem sie nach Stuttgart wollte und von dort mit dem Flugzeug nach Frankfurt, um die Frühmaschine nach New York zu erreichen. Sie hatte ihn mit großer Selbstverständlichkeit in ihr Hotelzimmer geführt. Das Haus der verstorbenen Eltern war längst Dependance einer Bausparkasse. Sie hatten sich beide keine Zeit gelassen zum Ausziehen. Sie waren wie Ohnmächtige ineinandergestürzt, sobald die Tür hinter ihnen zu war. Das Bett, bedeckt von ihren Kleidern, war viel zu weit. Es war keine Sache, die Vorbereitung, Aufräumen, Umsicht vertrug. Da, wo sie standen, knapp hinter der Tür, auf einer lächerlichen, türkisfarbenen Teppichinsel, gingen sie nieder, keine ganz weiche Landung nach bedrohlichem Stalling in der Luft.
Die Sonne warf das Gitter der Gardinen quer über Helmas Gesicht. Mitten drin sagte sie: »Mein Gott, warum erst jetzt, warum erst jetzt?« Es roch wie damals dicht neben ihrem Hals ganz leicht nach Kölnisch

Wasser und Schweiß, wie es nie mehr riechen würde. Tief über Brimmern jaulte eine Skymaster hinweg, und sie lagen in Deckung und würden nie mehr aufstehen.
»Wann fährt dein Zug?« fragte Steff.
Sie hielt die Augen geschlossen. »Noch Zeit für einen Drink. Hol die Flasche im roten Koffer.« Er machte im Bad die zwei Zahngläser mit Whisky und Wasser fertig. Als er wieder hereinkam, lag sie auf dem Bett, mitten zwischen Kleidern und Wäsche. Sie hatte zwei Zigaretten angeraucht und gab ihm eine. Sie lächelte ihn an. Riesige schwarze Splitter in ihren grünen Pupillen. Er stand da und starrte sie an. Er konnte den Blick nicht von ihr lassen. »Starr mich nicht an wie ein Mondkalb«, sagte sie. »Ich hab' immer einen kleinen Silberblick danach. Das war immer so. Komisch, nicht? Aber geht gleich wieder vorbei.«
Die Jahre stürzten auf einmal tosend in sich zusammen. Das längst vergessene Dröhnen in Steffs Kopf brach wie ein Gong durch die Wände eines riesigen, leeren Hauses.
Auf dem Bahnsteig regnete es wieder. Aber im Westen war ein heller Streifen. Es würde ein schöner Tag morgen. Sie küßte ihn links und rechts auf die Backen, als der Zug einfuhr. Sie stieg viel höher hinauf als das Trittbrett zur Zugtür. Sie lächelte schon aus großer Entfernung herab, entschwebend, schon unwirklich, bereits sternennah. Hoch über Brimmern winkte sie noch herunter, kaum mehr auszumachen, wem das Winken galt, von ihr aus mußte der ganze Muusgau aussehen wie ein Schrebergarten. Dann sah man sie nicht mehr. Sie war wohl nie dagewesen.
Steff Schönemann schlief traumlos und tief in dieser

Nacht. Als er aufwachte, wurde es gerade hell. Wieder war irgendwas neu. Er wußte nicht, was. Beim Rasieren sah er aber ein neues Gesicht im Spiegel. Er rätselte eine Weile, was daran neu war. Es fiel ihm aber nichts Besonderes auf. Es war wohl nur einfach ein ganz gewöhnliches Männergesicht. Endgültig.

Ritas Sommer

Damals war der Himmel riesig über der niederen Siedlung. Es stieg noch kein Hochhaus auf zwischen Brimmern und Höpflingen, auch der Fernmeldeturm noch nicht, und an klaren Tagen sah man wie die Lanzenspitze eines im Erdreich versunkenen Sagenhelden den Nördlinger Kirchturm über dem flachen Ried. Alles war riesig damals. Die Muus, ihre Auen, der Garten. Aber am gewaltigsten war für Rita Strack das Heulen der Sirene von der Ziegelei hinterm Schergerwald. Jeden Morgen, Mittag, Abend. Eine regelmäßige Drohung mit irgendwas. Obwohl Rita wußte, daß es nur den Ziegeleiarbeitern galt, ihnen Arbeitsbeginn, Mittagspause und Feierabend verkündete, war es Rita immer, als riefe, schrie es irgendwo, weil ein kleines Stück von der Welt abgebrochen sei, und die Stille hinterher war der erste, noch schmerzlose Augenblick einer ernsten Verletzung. Oft, als Kind, fragte sich Rita, ob sie die einzige sei, der die Sirene jedesmal ins Leben schnitt, oder ob die anderen es sich nur nicht anmerken ließen. Die Mutter sagte ihr, im Krieg, die Luftschutzsirene auf dem Rathausdach und das ferne Schießen der Krummtaler Flak, das sei viel unheimlicher gewesen. Aber das erklärte Rita nichts. Sie wuchs heran mit diesem dreimal täglich aufbrüllenden Erschrecken der Welt. Etwas war nicht in Ordnung irgendwo. Etwas schrie dauernd gen Himmel.

Früh schon hatte Rita begonnen, die Sirene nur auf sich zu beziehen. Dann war alles verboten, was sie gerade tat, voller Schuld. Ganz früher das Heuschreckenfangen, die kleinen Quälereien mit Maikäfern und Fröschen, später das Herumlesen in der alten, üppig illustrierten »Sittengeschichte des galanten Zeitalters«, die sie auf dem Dachboden gefunden hatte, die ersten, selbsterzeugten und unbegreiflichen Wonnen auf dem Sattel des reifenlos im Geräteschuppen aufgebockten Fahrrads und irgendwann das lange, bewußtlose Starren ins eigene Spiegelbild, von allen frühen Wonnen die unwiderstehlichste, rätselhafteste. Und immer schrie die Sirene dazwischen, immer die Anklage vom Horizont des Schergerwalds her und immer das Urteil schon gefällt: schuldig.
Nur in der Schule war es anders. Da schnitt ihr die Sirene nicht so tief in die Seele. Da hockte sie in ihrer letzten Bank – von Klasse zu Klasse immer dort, wo eben die saß, zu der ein Nebensitzer sich nicht gesellen wollte, wie durch eine längst getroffene, endgültige Vorverabredung einzeln, ausgespart aus den von Schuljahr zu Schuljahr sich umgruppierenden Cliquen –, hockte mit der eingeübten Haltung vermeintlicher Aufmerksamkeit in schweren Gedanken, von denen dies der gewichtigste war: Sie hatte nur eine einzige Eigenschaft, die Schüler und Lehrer und Stadt und Welt für erwähnenswert hielten. Sie hatte rotes Haar. Sie war fuchsrot, nein kupferrot, nein brandrot. Jeden Morgen war sie noch röter, als die Höpflinger sie und sie sich selbst vom Vortag in Erinnerung hatten. Sie war viel röter als jede Vorstellung, die man sich machte, wenn einer beiläufig von einem Rothaarigen sprach. Und

eines Tages, im schwülen Volksschulsommer der vierten Klasse, begriff sie, daß es ein Urteil war: Mit der Kennzeichnung ihrer Haarfarbe war alles über sie gesagt. Für immer. Sie war nichts als rot. Hieß es von anderen Mädchen, diese sei vorlaut, aber begabt, jene faul, aber gutmütig, die andere verlogen, aber hilfsbereit, so wurde Rita zornig vor Neid auf so viel Möglichkeiten, die die hatten, so viel freigelassenen Raum zur Veränderung. »Die macht sich schon noch«, hieß es da. Rita aber würde sich nie machen. Ihr galt keine Zukunft. Man nannte sie, da sie knochig und lang war, den »Glimmstengel« und später, als ihr Körper zu aller Überraschung stattlich, ja üppig geriet, die »Feuersbrunst«.
Eines Abends, in der Kneipe »Friedenseck« im Schergerwald, gab es eine Schlägerei. Ein Ziegeleiarbeiter hatte mit Kollegen die Geburt eines Sohnes gefeiert, der mit rötlichem Flaum auf die Welt gekommen war. Sie tranken viel, und einer sagte, das sei ganz klar, aus roten Mädchen würden Huren, aus roten Buben würden Brandstifter. Da schlug der Vater ihm mit einem einzigen Hieb die ganzen Schneidezähne in den Hals. Rita lungerte vor den offenen Fenstern und freute sich. Brandstifter oder Hure, da war ja wenigstens eine Entwicklung zu sehen, da führte doch was weiter. Man blieb nicht nur rot. Es war in ihrem fünften Realschuljahr, und vor kurzem hatte sie sich in die Höpflinger Palastlichtspiele geschlichen. Da lief ein Film mit einer Hure, eine Halbwelttragödie. Simone Signoret in der Hauptrolle. Es war ein Schwarzweißfilm, und Simone wirkte blond, aber vielleicht war es in Wirklichkeit rotblond. Eine tolle Frau, und am Schluß des Films

stellte sich heraus, daß sie viel edler war als die feinen Damen.
Drinnen im »Friedenseck« schrie der Zahnlose durch Blutblasen hindurch »Drecksau!«, und die anderen machten den Vater nieder. Sie schmissen ihn mit dem Hinterkopf gegen die Thekenkante, schleiften ihn zur Tür und stießen ihn hinaus in den Kies. Der »Friedenseck«-Wirt kam hinterher mit einer Hundepeitsche und drosch noch eine Weile auf ihm herum. Dann gingen alle wieder hinein und tranken weiter.
Es war ein Abend Ende Mai, und der Jasmin im Wirtsgarten duftete. Rita ging zu dem halb Betäubten. Es fiel ihr ein, wie Simone Signoret in einer solchen Szene gegangen wäre. Es gelang. Sie kauerte sich hin. Der hatte die Augen offen und dreht sich ihr zu. Er stützte den einen Ellbogen auf und stöhnte. Er grinste zwischen Bier und Blut. »Hock nicht so da«, sagte er. Später kam seine Hand. Seine Schmerzen schienen nachzulassen. Drinnen sangen sie »Es war einmal ein treuer Husar . . .«. Es war ein schöner Maiabend. Trotzdem: Lieben tat sie, soweit sie wußte, den Setz-Ferdinand. Das heißt, als sie es wußte, war es schon aus. Das geschah im Sommer nach der Schlägerei im »Friedenseck«. Sie badeten im Muusbogen oberhalb des Kraftwerks. Die Jungen machten Mutschwimmen: mit der Strömung so weit man sich traute auf die Einmündung in den Turbinenkanal zu und dann seitlich mit aller Kraft aus dem Sog. Wer am weitesten unten abdrehte, war Sieger. Die Mädchen trabten am Ufer mit und markierten die Stellen mit Handtüchern. Sieger war immer der Setzling. Und vielleicht liebte Rita ihn nur, weil ihr früh klar war, daß der Setz-Ferdinand, wiewohl

nichts Besseres als sie und im Nachbarhaus wohnend, etwas Besonderes war, Tragik und Dramatik eines frühen Todes in der Turbinenschleuse schon an sich trug als ein unsichtbares Adelsgewand. Es war ein Glanz um ihn, und zu allem hatte er auch noch ein Gesicht wie der Held der schönen Ballade »Das Herz von Douglas« im Ergänzungsband »Ewiger Vorrat deutscher Poesie«, Graf Douglas, wenn er wie der Sturmwind über die Sarazenenhorden kam – so ein Gesicht hatte der Setzling, und ganz unverkennbar hatte er es im letzten Juni unter einem trüben Halbmond hinterm Setzschen Gartenhaus, als sie sich küßten, also mit Nasen und Lippen und Zähnen auf ganz unvergleichliche Weise aneinanderstießen, und der Setzling dann zusammenfassend sagte: »Du bist extrem!«
Und am nächsten Abend hatten sie es wieder getan, aber von da an hatte Rita Nacht für Nacht allein den Mond ein bißchen voller und höhersteigen sehen hinterm Setzschen Gartenhaus und auch wieder abnehmen. Und in den Neumondnächten kam der Setzling auch nicht, und wie der Mond aufs neue stieg, erst recht nicht mehr. Und jetzt, am Muusbogen, wie der Setzling gerade zum drittenmal hinunterschwamm, um seinen eigenen Rekord zu brechen, hatte Rita zwar einerseits Herzklopfen, mußte aber andererseits dringend in die Büsche.
Sie stand X-beinig im nassen Badeanzug, wartete nicht ab, bis Graf Douglas auch seinen dritten Rekord gebrochen und überlebt hatte, sondern ging steifbeinig und traurig hinüber zu den Weiden. Hätte es den Setzling jetzt in der Turbine zermalmt, es wäre irgend-

wie ihre Schuld gewesen. Sie kam sich treulos vor und gar nicht wie Simone Signoret. Aber das war natürlich auch eine Gemeinheit, daß die tollen Frauen im Film einfach nie pinkeln mußten.
Beim Umziehen hielt sie sich abseits von den Mädchen. Sie mochte ihr Geschnatter nicht, wenn sie sich schaudernd und blutrünstig ausmalten, was alles hätte passieren können beim Mutschwimmen. Rita befand sich eher in der Nähe der Jungen, die unsichtbar waren, aber hörbar. Expertengespräche. Jeder war Fachmann für eine andere. Des Setzlings Urteil aber wurde über jede eingeholt, sofern er nicht schwieg – wissend, wie sich Rita vorstellte. Sie hatte den oberen Teil des Badeanzugs heruntergestreift und das Kleid über, als die Rede auf sie kam. So stand sie in zwei Hälften, einer trockenen und einer feuchten, während der Mack-Egon sagte: »Rote sind scharf, das weiß jeder, aber so rot, das muß extrem sein.« Und der Setzling schwieg, möglicherweise vielsagend, und es kam die Frage auf, ob die Rita wohl überall so rot sei oder nur auf dem Kopf, und wegen der Nachbarschaft von Kindheit an wurde der Setzling befragt, und der sagte: »Früher, wie sie an der Teppischstange geturnt hat, schon, aber ich hab's dann aus den Augen verloren.« Rita, noch in zwei Hälften, hörte sie lachen, stand bewegungslos. Es war Anfang August. Mücken überm Ried, die Muus sehr leise und geduldig unter dem Gelächter der Jungen, und vom Schergerwald her heulte die Sirene, und es tat so weh wie früher, und also war es Liebe gewesen und schon aus und vorbei. Leb wohl, Graf Douglas.
Am nächsten Morgen stahl sie aus dem Küchenportemonnaie einen Zwanzigmarkschein, schwänzte die

Schule und wanderte hinüber nach Wiprechtshausen, wo ein alter Friseur saß, zu dem kaum mehr jemand ging, seit es in Höpflingen den eleganten »Salon Noppe« und in Brimmern den noch vornehmeren »Salon Madame« gab.
»Ich will es hellblond«, sagte Rita, »so blond es geht.« Der Alte roch nach Bier und sagte: »Es ist ein Jammer, du blöde Kuh, ein solches Rot . . . der Titschian hätte sich totgemalt an dir!« Aber Rita sagte, das sei ihr egal, und sie wolle es blond haben, so blond wie nur möglich. Der alte Friseur wirkte drei Stunden, trank Bier und sagte abschließend: »Zwanzig Mark ist nix für eine solche Schufterei, und eine Sünde ist es obendrein, und drum dürft' ich dir von Rechts wegen noch den Hintern verhauen.« Da sah Rita ihn an, wie Simone Signoret es getan hätte: »Wenn Sie mir die zwanzig Mark lassen, dürfen Sie was anderes.« Ein unglaublicher Satz, aber er war heraus. Sie saß noch in dem abgewetzten Kundensessel, und er beugte sich über sie, und sie sah im Spiegel, wie seine faltigen Hände über ihre Schultern herunterkamen und wie neben ihrem Hals sein gesenkter, vergilbter Kopf erschien, wie in tiefer Trauer um ein Leben gebeugt. Und seine Hände hielten ganz still ihre Brüste, ohne etwas zu verlangen, und zogen sich dann wieder nach oben, und Rita stand auf und ging zur Tür, er mit hängenden Schultern ohne Bewegung, ohne ein Atmen, und draußen schien die Sonne, und eine alte Frau in dunklem Tuch ging mit einer Milchkanne vorbei. Es war immer noch Anfang August, und Rita Strack fühlte den Zwanzigmarkschein in ihrer Hand und war nun also eine Hure. Ein für allemal. Aber natürlich eine wie Simone Signoret!

Die geklauten zwanzig Mark hatte sie ja nun verdient. Sie konnte sich die Rückfahrt mit dem Postbus leisten. Von dem Augenblick an, da sie den alten Mann mit seiner trauervollen Erregung in der staubigen Friseurstube allein gelassen hatte, trug sie den Kopf mit dem fahlen Haar hoch. Zum erstenmal in ihrem Leben. Der Postbus hatte zwei Haltestellen in Höpflingen: Post und Bahnhofsplatz. Rita stieg absichtlich am Bahnhofsplatz aus. Um die Zeit, gegen halb sechs, traf sich da die Clique am Bahnhofskiosk. Die Jungen hockten auf ihren Fahrrad- und Mopedsätteln wie Cowboys und rauchten. Sie glotzten Rita an, erkannten sie zuerst gar nicht mit ihrer blonden Mähne und zogen fachmännisch die Augenbrauen hoch. Wieder so ein Filmmoment. Es war so viel Film in Rita Stracks kurzem, glücklichem Sommer: Die Western-Postkutsche kommt an in Dodge City, und eine Schöne aus dem Osten steigt heraus, fremd, feenhaft, a Lady in town. Es war ein stiller, magischer Augenblick unter den Kastanien des Höpflinger Bahnhofsplatzes.
Dann ging das Gejohle natürlich los. »Bist du jetzt überall blond?« – und so weiter. Sie umkreisten sie in kühnen, immer engeren, nicht ungefährlichen Achterschleifen auf ihren Rädern bis in die Siedlung. Aber sie ging wie eine Lady. Und zu Hause heulte ihre Mutter, hob die Hand, um sie zu ohrfeigen wegen des geklauten Geldes, traute sich nicht, weil Rita auch schaute wie eine Lady, und heulte weiter die ganze Nacht. Beim Frühstück sagte sie: »Dein Vater, wenn er nicht im Osten geblieben wäre . . .« – diese Formulierung gebrauchte sie sonst nur in schriftlichen Eingaben an Ämter –, »er hätte dich windelweich geschlagen.« Rita

lächelte. »Das wollte erst gestern einer und hat's dann gelassen.«
Im Klassenzimmer, als sie hereinkam, war über die ganze Wandtafelfäche ein wüstes, nacktes Mädchen gemalt. Leuchtendfarbige Kreiden. Das Haupthaar gelb, unterm Bauch flammendes Karminrot. Herr Floor, der Mathematiker, sah mit schmalen Augen hin und befahl, einer möge das abwischen. Niemand rührte sich. Der Setzling saß ganz vorn. Floor mochte ihn. Jeder wußte das. Floor war ein Fußballnarr und spielte jetzt noch in der Lehrermannschaft Faustball, obwohl sein rechtes Knie fast steif war. Der Setzling war aber damals schon der torgefährlichste Mittelstürmer, den die A-Jugend des SC Höpflingen je gehabt hatte. Floor bewunderte ihn.
»Fabelhafte Kavaliere«, sagte Floor und wandte sich kameradschaftlich an den Setzling: »Ferdl, mach du's weg!« Der Setzling schaute wie Graf Douglas. Blitzäugig, mit kühnem Lächeln deutete er auf die Wandtafel. »Wieso? Es stimmt doch alles.« Da fuhr Floors Faustballarm nach vorn, die Hand aber war offen, mit merkwürdig durchgebogenen Fingern, und der Schlag klang hell und bös. Es ging so schnell, bis der Setzling und die Klasse es begriffen, stand Floor schon an der Tafel und wischte alles sorgfältig, mit kraftvollen, langsamen Bewegungen ab. Der Setzling stand auf. »Ich bin aber sechzehn«, sagte er. »Stimmt«, sagte Floor, ohne sich umzudrehen, »du bist einmal durchgefallen.« Der Setzling ging zur Tür. Grafen-Mimik wieder. »Ich beschwere mich.« Dann war er draußen. Floor sah ihm nicht einmal nach. Das war ein Mann. Auch Rita war einmal durchgefallen und sechzehn. Sechzehnjährige

durften nicht mehr geohrfeigt werden, nicht einmal in der Höpflinger Realschule. Nackt an die Tafel gemalt werden schon. Eine Ohrfeige in diesem Zusammenhang, noch dazu, wo der Setzling sicher nicht der Maler gewesen war, sondern eher der Mack-Egon – das war höchst bedenklich. Und der Rektor Fehleisen mochte den Floor nicht besonders, das wußte die ganze Schule, und es würde dem Fehleisen grade passen, wenn der Setzling sich beschwerte. Aber der Floor, das war ein Mann.

Der Sommer zog sich hin. Die langen Ferien. Ritas lange Streifzüge durchs Muusgauer Ried. Manchmal ging einer von den Jungen aus der Klasse mit, aber nur ein Stück, und schaute sich häufig um. Wenn der dann im dichteren Wald zudringlich wurde, machte Rita den Signoret-Blick, den schrägen, grauen, und lachte: »Hast du denn Geld?« Dann schlich der davon, drehte sich nach ein paar Schritten um und schrie: »Hur', dreckige!« und verschwand. Bald waren Ritas Gänge einsam von Anfang an. Ziegeleiarbeiter auf dem Fahrrad begegneten ihr, grinsten und zwinkerten, wurden langsam in den Pedalen, fuhren vorbei und begegneten ihr an einer ganz anderen Stelle erneut. Der September wurde sehr heiß. Die Muus roch. Die Feldwege bekamen Risse, in denen blitzschnell Käfer verschwanden, wenn man sich näherte. Früher, dachte Rita, wäre das praktisch gewesen. Einfach so in einem Spalt verschwinden, wenn einem was nicht paßt. Oft hätte sie was drum gegeben, so ein Käfer zu sein. Heute nicht mehr. Einen Käfer hätte Floor ja nie in seinem Leben bemerkt oder vielmehr: Einen Käfer hätte niemand so unverschämt an die Wandtafel gemalt, und also hätte Floor dem

Setzling keine heruntergehauen. Plötzlich war sie durstig. Sie fühlte in der Tasche ihres Kittelkleides die restlichen Münzen von den zwanzig Mark. Der Saum des Schergerwalds war nah. Das »Friedenseck« auch. Sie ging hinüber. Wer Durst hatte und Geld, konnte ein Cola trinken.

Nur der Wirt, der Schell hieß, hockte in der Kneipe, schläfrig, schwitzend. Als er ihr das Cola brachte, blieb er am Tisch stehen, die Hände aufgestützt, vornübergeneigt. »Heiß, ha?« Rita trank. »In deinem Alter ist's einem immer heiß. Auch im Winter, ha?« Er holte sich sein Bierglas von der Theke herüber und setzte sich übereck. Sein rechter Unterarm berührte leicht den ihren und war feucht. »Kannst noch eins trinken. Gratis.« Rita sah auf den Arm, die rote Hand, schielte zu der Peitsche, die am Haken neben der Tür hing.

»Ich kann zahlen, was ich trink'«, sagte Rita. »Ich mein' ja bloß«, lachte der Schell, »kann ja mal eine Verlegenheit kommen.« Er ließ das Bierglas los, und die rote Hand fiel auf ihre Fingerspitzen. Rita rührte sich nicht, sie überlegte, was die Signoret getan hätte. Ihm eine geklebt? Schells Hand schob sich nun ganz auf die ihre. »Fest«, sagte er, »alles ist fest an dir. An mir auch.« Jetzt würde Simone wahrscheinlich schon ausgeholt haben, ganz beiläufig.

Dann stand die massige »Friedenseck«-Wirtin, die Elsgund Schell, jenseits der Theke in der Küchentür und band sich die Schürze vom Bauch. Die Lautlosigkeit ihres Erscheinens war ganz unwahrscheinlich bei so viel Frau.

»Ich geh' mit dem Hund«, sagte sie, nahm an der Tür Leine und Peitsche vom Haken und ging hinaus. Man

hörte keinen Schritt, sie ging wie auf Strümpfen. Der Schell hatte seine Hand ganz dicht bei sich, und Rita zahlte ihr Cola. Er bot ihr keins mehr an.
Wieder die kunstreichen Formationsflüge der Mücken im Abendlicht. Pulks, die geschlossen mal da, mal dort standen. Am Horizont flockte der Himmel weiß zusammen. Genau da, wo der äußere Waldrundweg zum Muusbogen hinausführte, stand plötzlich der Schellhund zehn Meter vor ihr, so bewegungslos, lautlos, wie vorher die Elsgund Schell in der Küchentür gestanden hatte, und es dämmerte, wie auf einen Schlag. Nie war die Nacht überm Ried so schnell hereingebrochen. Der Schellhund blieb dunkel, still, riesig. Rita ging langsam auf ihn zu. Nur nicht umkehren oder stehen bleiben, so daß der denken könnte, man sei gelähmt vor Angst. Nach Ritas viertem Schritt duckte sich der Hund, streckte den Hals vor. Er hob die Lefzen und zog Luft ein. Es klang wie ein kurzes Schnarchen. Dann war er schon da, man sah gar nicht die einzelnen Sätze, bellte nicht, knurrte nicht, stand vor Rita, die Schnauze dicht an ihrem Nabel. Floor, einer wie Floor müßte dasein. Es ist eine Gemeinheit, daß so viel nicht zu schaffen ist ohne einen wie Floor.
»Na, streichel ihn doch«, sagte Elsgund Schell. Sie und ihr Hund konnten das einfach, dasein, ohne zu kommen. Sie stand jetzt dort, wo eben noch der Hund gewesen war. »Mit dir verträgt er sich. Es ist ein Rüde.«
»Rufen Sie ihn zurück«, sagte Rita lauter als nötig, um das Zittern ihrer Stimme zu verbergen, was gelang. Elsgund Schell kam näher, wie auf Strümpfen wieder und schnell.
»Warum soll ich ihn zurückrufen?« sagte sie, »ist viel

hin, wenn er dich reißt? Es wär ihm manche Frau mit Anstand vielleicht dankbar. Ich hab's gesehen im Mai. Ganz dicht bist du vor dem Kerl gehockt, gelt? Und heute, neben meinem Gatten –«, sie sagte wirklich »Gatten« –, »auch ganz dicht, gelt?« Sie faßte den Hund am Halsband und zog ihn zu sich her. Die Peitschenschlaufe pfiff dicht an Ritas Nase vorbei. »Hau ab und laß dich im ›Friedenseck‹ nie mehr blicken, oder du bleibst nicht ganz, gelt?« Dann waren Frau und Hund wieder weg, ohne daß Rita hätte genau sagen können, ob sie an ihr vorbeigegangen waren oder Rita von ihnen vorbeigelassen worden war. Sie fand sich erst ein Stück weiter draußen am Muusbogen wieder, hockte sich auf die Ufersteine und heulte. Sie war doch nicht Simone.

Der Spätsommer war schön wie lange keiner mehr überm Muusgauer Ried. Jeder in Höpflingen sagte das. Vom »Friedenseck« ging ein Gerede aus, die Strack-Rita, die »Feuersbrunst« mit ihrer blonden Tarnfarbe, mache es im Schergerwald gegen Geld, und es sei nicht teuer. Schon lange sei es beobachtet, aber verschwiegen worden, weil die Mutter eine rechte Frau sei und Kriegerwitwe. Die Ferien gingen zu Ende. Jeden Abend wurde der Himmel flockig wie Sauermilch, aber schon die Nacht war wieder klar und voller Sternschnuppen. Rita klaute wieder Geld aus dem Küchenportemonnaie, schwänzte die Schule und fuhr mit dem Zug nach Nördlingen. Dort, in einem winzigen Kino, lief der Film als Nachmittagsvorstellung. Sie hatte es im »Muusgauboten« gelesen. Und nun saß sie im Silberlicht zwischen Melodram und Bonbonpapiergeraschel und entdeckte sich wieder. Das war sie. Das dort in den

Straßen, Bistros, Metroschächten, Hotelzimmern und Musikhallen der schwarzweißen Riesenstadt. Da am Quai über den Lichtern der Seine. Ihr Blick. Ihr Mund. Ihr Mut. Alles sie. Nur die Welt um sie herum war anders als die um Simone. Aber die Welt konnte ihr in die Tasche steigen. Diesmal war sie sicher: Was konnte einer richtigen Hure passieren, wenn sie nur Mut hatte und ein Herz wie Simone? Was konnten dagegen das Höpflinger Geschwätz, die fette Schlampe von »Friedenseck«-Wirtin und ihr Hund ausrichten?

Die Vorstellung war am Spätnachmittag aus. Rita aß Würstchen und bummelte über den Kirchplatz, sah am Turm hinauf, bis ihr schwindlig wurde. Der Eiffelturm wäre ihr lieber gewesen. Sie könnte sich jetzt vorstellen, dieser heilig oder scheinheilig getürmte Steinpfeiler sei der Eiffelturm, sich davorpflanzen wie Simone, ein Knie anwinkeln, den schräggrauen Blick dazu, und einen Mann anzwinkern. Ach nein, dachte sie, keinen Nördlinger.

Sie nahm den frühen Abendzug. Im ersten Abteil, in das sie geriet, saß Floor. Er sah sie sofort und wartete ab, ob sie ihn sehen wollte. Er saß in der Ecke und schaute aus dem Fenster, und sein fast steifes Bein ragte quer, irgendwie kaum zu ihm gehörig, ins Abteil hinein, was Höflichkeit war, damit die Bauersfrau ihm gegenüber mit ihren unförmigen, schwarzwollenen Beinen nicht beengt wurde. Sonst war kein Platz im Abteil besetzt, und Rita setzte sich Floor schräg gegenüber in die Ecke neben der Tür.

Er war den ganzen Tag in der Hauptstadt gewesen, auf dem Oberschulamt. Man hatte ihm die Mitarbeit an einem neuen Mathematikbuch für Realschulen angeboten, was er beiläufig erwähnte, mit gedämpfter Stimme, um die leise schnarchende Bäuerin nicht zu stören. Rita war froh. Die Beschwerde des Setzlings konnte keine ernsten Folgen gehabt haben, sonst wäre Floor für so etwas Bedeutendes gar nicht mehr in Frage gekommen. Sie sagte: »Ich war in Nördlingen« und wußte auch gleich, daß sie feuerrot wurde unter Floors kleinem Lächeln, mit dem er sagte: »Ja, da bist du eingestiegen.«

Draußen die Muus im gelben Licht und das ganze Abteil gelb, dann golden erleuchtet, je länger sie fuhren. So viel Abendglanz und Floors Gesicht darin und die schlafende Alte, lächelnd und besonnt, und ihre Stimmen halblaut, fast an der Grenze zum Flüstern, eine winzige Verschwörung, die nur dem Schlaf einer krummgearbeiteten, wasserbeinigen Riedbäurin galt und zugleich ganz und gar unvergeßlich bleiben würde, weil darauf – das war klar – Ritas bisheriges Leben zugelaufen war von den frühen, dunklen Tagen unter der heulenden Sirene her bis in diesen Frieden hinein im späten Licht des Bahndamms, unvergeßlich und nicht rückgängig zu machen, auch wenn sie im Herbst die Strecke zwischen Nördlingen und Brimmern einstellen würden wegen Unrentabilität, wie es jetzt schon in der Zeitung angekündigt war, dies würde bleiben, und dies war also »Friedensqualität«, eines der rätselhaften Wörter von ganz früher, das die Erwachsenen immer raunend vor Glück und Geheimnis ausgesprochen hatten, und nun endlich hatte es einen Sinn.

Floors Gesicht schien geteilt zwischen Schatten und Schimmer, an der Grenze der schräg einfallenden Lichtbahn des Abends. Schlesier war er, das wußte man. Seine Frau war irgendwann umgekommen am Ende des Krieges, in der Elbe ertrunken oder so, das wußte man auch. Sonst nicht viel. Sonst eben nur, daß er ein hagerer, grauer Mann war, der trotz steifen Knies Faustball spielte, wenig sprach und unerwartet schnell zuschlug, wenn er's für richtig hielt. Und jetzt weckte er mit einem sanften Schütteln die Bäuerin, wie er's ihr wohl versprochen hatte, denn der Brückelbacher Bahnhof kam in Sicht. Deshalb also hatte sie so sorglos geschlafen. So viel Leben, dachte Rita, würde einfach leichter, wenn Floor da wäre. Eine Weile. Hier und da. Immerzu.

Nun waren sie allein, und der Glanz draußen erlosch, die Beleuchtung im Abteil ging aber nicht an. Rita sagte, sie habe die Schule geschwänzt und sei in Nördlingen im Kino gewesen. Floor wollte nur wissen, welcher Film denn so viel Aufwand wert gewesen sei. Rita erzählte es ihm. Er schien zu lächeln, aber sie war nicht sicher, denn alles war schattengrau jetzt, und rein optisch, dachte Rita, war es schon fast egal, ob das Abteil leer war oder sie beide darin. Diesen farbenlosen Schlußteil des Abends hatte sie nie gemocht. Doch nun sollte es so bleiben und die Fahrt ewig gehen. Aber dem Höpflinger Bahnhof blieb gar nichts anderes übrig, als zu kommen, und Licht fiel herein von der ersten Weiche an. Sie standen auf. Rita sagte: »Ich steig' weiter hinten aus. Ich kletter' da übers Geländer. Dann brauch' ich nicht durch die Sperre.« Er sah sie an.

»Hast du keine Fahrkarte?«

»Doch, ich mein', wegen Ihnen . . . Sie wissen, was die über mich erzählen.«

»Stimmt es?«

»Nicht so.«
»Wie denn?«
»Einer richtigen Hur' macht's nix aus, was die Leut' reden. Und mir auch nicht. Also bin ich eine.«
»Ach so«, sagte Floor. Wieder schien er zu lächeln im vorüberfliegenden Licht.
Sie standen sich gegenüber und schwankten, denn der Zug rumpelte gewaltig in der Bahnhofskurve. Floor taumelte plötzlich wegen des steifen Beins. Sie hielt ihn an den Hüften im Gleichgewicht. Es war eine winzige Umarmung.
»Hätten Sie dem Setz auch eine gelangt, wenn das nicht ich gewesen wär' auf der Tafel?« Mehr Licht fiel herein. Der Zug bremste mächtig ab. Es war, als stemme er sich zurück in die Nacht. Floor sagte: »Schau, das ist nicht mehr wichtig, Rita. Im November werd' ich versetzt nach Augsburg.« Da hing sie an seinem Hals.
Der Zug stand zischend und wartete nur darauf, daß sie ausstiegen. Sie taten es auch. Sie kamen wie von einer langen Reise. Erstmals Regenwolken über Höpflingen seit Juli. Der Platz vor dem Bahnhof war windig und leer. Die Kastanien wogten. Im Kiosk brannte noch Licht, und der dicke Herr Geisenmüller stand drin und trank ein Bier. Seine Glatze spiegelte im Neonlicht. Der ganze Glasverschlag war eine Ausstellungsvitrine für den dicken Geisenmüller und seine Glatze. Vielleicht auch ein Beobachtungsstand.
»Schwänzt du morgen wieder?« sagte Floor. Rita schüttelte heftig den Kopf. »Keine Stunde schwänz' ich mehr. Ich muß es ausnützen, solang Sie noch da sind, weil – ich Sie liebe." Ein unglaublicher Satz. Der Bahnhofsplatz schien zu wanken. Ein Höpflinger Erd-

beben durch Rita. Aber sie hatte es gesagt. »Also was«, sagte Floor, »das ist bloß das Kino in deinem Kopf.« Der dicke Geisenmüller schaute herüber. Floor merkte es nicht. Rita drehte sich um und trabte davon. Als sie sich am Sparkasseneck umdrehte, sah sie Floor auf der Höhe vom Café Ott. Er hinkte stärker als sonst. Der Wind nahm zu. Aber kein Tropfen fiel.

Als Ritas fahle Mähne schon zurückgeschoben wurde von einem gezackten Reif frech und rot nachwachsenden Haars, war es Mitte September. Und Rita fand, jetzt müsse was kommen, etwas Besonderes oder Bleibendes, woran sie ihr Leben spüren könnte ihr Leben lang. Floor. Wenigstens einmal Floor. Noch war Sommer. Und in acht Wochen würde Floor entschwinden in einen Augsburger Winter. Und vielleicht war er grade deshalb jetzt nicht unerreichbar. Ihn behalten könnte sie sowieso nie, auch wenn er hierbliebe. Aber ein mit heimlicher Trauer von Höpflingen scheidender Floor – das würde ihr reichen. Ein Floor, dessen Augsburger Leben daraus bestünde, dort sein zu müssen, obwohl sie in Höpflingen war, der ganze Floor nichts als Heimweh nach ihr – davon ließe sich zehren. Eine Höpflinger Ewigkeit lang.
Sie meldete sich in Musik zum Austreten, weil sie wußte, daß Floor in dieser Woche die vierte Stunde meist allein im Lehrerzimmer saß. Er mußte in der fünften noch einen kranken Kollegen vertreten und korrigierte inzwischen Hefte. Sie klopfte schon so an die Lehrerzimmertür, daß er eigentlich spüren mußte, sie sei es. Und sein leises, widerwillig gesagtes »Herein!« tat ein bißchen weh.

Er sah von seinen Heften auf und sagte nichts. Und das tat gut, denn jeder andere Lehrer hätte streng gefragt, warum sie nicht im Unterricht sei. Floor mußte gestern nachmittag beim Friseur gewesen sein. Der schmale Kopf war noch schmaler, die aschfarbene Haarwelle über der Stirn war ein bißchen zu stark gestutzt. Die immer etwas spöttischen Augen waren jetzt eine Spur dunkler, grüngraubraun, die Farbe der Muus, wenn sie Hochwasser führte. Rita fiel ein, daß sie nie darüber nachgedacht hatte, wie alt er sei.
»Ich bin traurig«, sagte sie.
»Und deshalb kommst du ins Lehrerzimmer?«
»Es ist wegen Ihnen.«
Floor rauchte seine Zigaretten noch auf Nachkriegsmanier, so kurz, daß die Fingernägel heiß wurden. Das Ausdrücken war jedesmal eine kleine Verbrennung.
»Warst du wieder im Kino?«
»Wieso?«
»Weil du wieder Kinogefühle hast.«
»Nein. Es ist nicht Kino. Es ist das richtige Leben.«
»Ich glaube, das verwechselst du. Viele verwechseln das. Auch Erwachsene. Jetzt laß mich weiterarbeiten.«
Sie stand ihm schräg gegenüber. Zwischen ihnen die entsetzlich weiße, entsetzlich aufgeräumte Kunststoffplatte mit dem sauber geschichteten Heftestoß.
»Ich kann's beweisen," sagte Rita. Der kurze Narbenstrich in Floors linker Augenbraue war ganz hell. Er senkte kopfschüttelnd die Stirn über das Heft. Rita sagte: »In Brimmern hat sich schon mal eine umgebracht wegen einem Lehrer.« Floor sah auf. »Auch Kino! Hast du das grade erfunden?« »Ja. Für Sie.«

Er verbrannte sich schon wieder die Fingernägel. Sie machte einen Signoret-Blick, aber nicht den schrägtaxierenden, sondern den weichen, waffenlosen.
»Jetzt ist aber Schluß. Du bist ein Kind, und ich bin fünfundvierzig.«
»Es wär ja dunkel«, sagte sie, und da schlug er lachend mit der flachen Hand auf den Tisch, so, als habe jemand einen guten Witz erzählt. Das hätte er nicht tun dürfen.
»Ich bin, wenn's dunkel wird, an der Schillingseiche am Säubach. Da kann man alles machen. Auch sich ersäufen oder aufhängen.«
Jetzt waren seine Augen endgültig dunkel, und er sagte nur noch: »Raus!«
Bis zur Tür hatte sie das Gefühl, er schaue ihr nach. Aber als sie sich in der Tür kurz umdrehte, saß er tief über die Hefte gebeugt. Es war, als sei er nie unterbrochen worden.

»Rein zufällig«, sagte die dicke Elsgund Schell im »Friedenseck« am Stammtisch, habe sie's gesehen. »Wenn der Pluto, das Mistvieh, mir nicht durch wär – ich halt' die Leine mal ein Stück locker, schon ist er weg im Wald. Na wart, denk' ich, dich krieg' ich schon. Der alte Fuchsbau drüben am Säubach, und geh' ihm nach, mitten durch die Jungtannen, wo's rüber geht zur Schilligseiche. Den Hund hab' ich nicht gefunden, aber wie ich die Schneise runterschau', da seh' ich die Schnalle mit einem Mann. Auf einem Baumstamm am Weiherrand. Und ein Geknutsch! 's war duster, aber noch nicht finster. Die Hur' hab' ich gleich erkannt. Und wie sie aufstehen und ins Gestrüpp reingehen,

denk' ich, mich trifft der Schlag. So zieht bloß einer den Fuß nach in Höpflingen. Der Floor von der Realschul'.«
Elsgund, breit am Tischeck, immer noch das leere Bierglas in der Hand, das sie für einen Gast frisch füllen sollte, stand nicht auf, bevor sie ihr Gedächtnis der gewissenhaftesten Überprüfung unterzogen hatte. Ziemlich nah dran gewesen sei sie, wenn sie sich's recht überlege, und leise sei sie wohl gegangen, und nicht bloß Geknutsche sei das da auf dem Baumstamm gewesen, die Hand habe er schon drunter gehabt unterm Kleid von dem Luder.
»Da kann man sehen. Ein gebildeter Mensch, ein Beamter – und schwupp ist er ein Vieh! Das bringt bloß so ein Luder hin. Der arme Mann. So ein Studierter ist ja machtlos gegen so viel Naturell.«
Zu Rektor Fehleisen drang Elsgunds Bericht fast wortgetreu, weil der Gerätelagerverwalter Setz von der Ziegelei es selbst von ihr gehört hatte. Gelegentlich schaute er ja auf dem Heimweg im »Friedenseck« vorbei auf ein Bier. Er sei ja bloß Angestellter, sagte er zum Schulleiter, und der Herr Floor Beamter. Aber sei denn das eine Demokratie, wenn der seinen Sohn ohrfeigen dürfe für nichts und wieder nichts, und andererseits, der Rita habe er wahrscheinlich nicht Mathematiknachhilfe gegeben im Schergerwald.
Fehleisen schüttelte heftig den Kopf, als weise er einen längst gehegten Verdacht ein letztes, verzweifeltes Mal von sich. Ein so tüchtiger Kollege und Lehrer. Er, Fehleisen, selbst Mathematiker, konnte das beurteilen, wenngleich er Floors Ehrgeiz, an einem Lehrbuch mitzuwirken, nicht gutheißen konnte. Er jedenfalls hätte einen so ehrenvollen Auftrag schweren Herzens

ablehnen müssen. Keine Zeit. Die tägliche Pflicht. Das Rackern. Freilich, ein solches Angebot hatte er auch nie bekommen; nicht, daß er es Floor neidete, aber was diese dunkle Geschichte anging – es paßte alles zusammen. Die Sache mit der Ohrfeige damals und daß Rita unentschuldigt gefehlt hatte an dem Tag, an dem Floor sich frei genommen hatte für die Sitzung im Schulamt, die gemeinsame Ankunft der beiden mit dem Abendzug – was ist der Mensch, da auch der Beste strauchelt? In die Sache mußte Licht. Aber nicht durch ihn. Das könnte mancher im Kollegenkreis ihm doch falsch auslegen.

»Herr Setz«, sagte er, »für mich persönlich ist Herr Floor über jeden Verdacht erhaben. Überdies verläßt er uns im November. Augsburg, ein richtiges Gymnasium. Er fällt die Treppe rauf.«

Dies trug eher zur Verbitterung des Gerätelagerverwalters bei. Schließlich gehe es ums Grundsätzliche. Ein Beamter, wegen dessen gnadenloser Mathematiknoten der Ferdl vor zwei Jahren durchgefallen sei, dürfe mit einer Halbwüchsigen in die Büsche gehen und werde dann noch belohnt. Von einem kleinen Angestellten hätte kein Hund mehr ein Stück Brot genommen. Fehleisen hob die Arme. »Herr Setz, ich bin kein Kriminalbeamter. Ich schnüffle nicht auf Grund solcher Gerüchte im Privatleben eines Kollegen herum.«

»Dann werden wir ja mal sehen, ob's auch in Höpflingen eine Demokratie gibt. Ich geh' zur Polizei.« Der Schulleiter schien heftig zu erschrecken. Dann sagte er deprimiert: »Daran kann ich Sie natürlich nicht hindern.«

Setz sah sein Lächeln nicht, als er zur Tür ging.

Der Herbst lungerte warm über dem Ried. Allmählich wurde die Muus kalt. In Ritas Haar hatte das Rot schon viel Gebleichtes zurückerobert. Das war ihr recht. Es war ihre Flagge.

Floor erschien nicht mehr in der Schule, wurde von Fehleisen vertreten. Gesundheitliche Gründe, hieß es. Man sah ihn nirgends. Er fehlte ihr. Aber das hatte sie vorher gewußt. Sie würde auch ihm fehlen. Auch das wußte sie. Jede Nacht hatte sie denselben Traum. Sie saß mit Floor im Zug, doch der fuhr nicht auf Schienen, sondern in einer Art Rennbahn mit riesigen Steilwandkurven, wie sie es in der Wochenschau einmal gesehen hatte. Die Fahrt wurde immer schneller, rasend, und es war klar, daß der Zug, das Abteil, sie und Floor in der nächsten Kurve hochfliegen würden über den Rand hinaus in eine unaufhörliche Nacht. Ein schöner Traum. Im Augenblick, bevor der Zug hoch oben über die Kante schoß, wachte sie jedesmal auf. Dann lag sie lange wach. Und dann kamen die Wörter wieder. Sie konnte sie hören im schwarzgrünen Zwielicht am Säubach.

»Ich hab' gewußt, daß Sie kommen.«

»Ich nicht.«

»Haben Sie Angst gehabt, ich tu' mir was an?«

»Ich weiß nicht.«

»Aber es war ein guter Grund zum Kommen, oder?«

»Ja.«

»Das hab' ich schlau gemacht, oder?«

»Ja.«

»Ich denk' an Sie. Eigentlich immer.«

»Das geht vorbei. Aber es ist schön.«

Dann keine Wörter mehr. Eine Ewigkeit. Kein Wort.

Erst viel später wieder, aber was dann noch gesprochen wurde, hatte Rita vergessen.

Der Polizeioberinspektor Hauber war freundlich und wie ein entfernter Onkel zu Besuch. Die Mutter bot ihm sogar eine Tasse Kaffee an, lächelnd mit zitternden Lippen, aber das wollte er dann doch nicht. Dann verschwand die Mutter, immer zitternd und lächelnd, und Hauber wollte wissen, ob Rita bereit sei, über diesen Abend im Schergerwald zu sprechen, oder ob es ihr lieber sei, wenn eine Beamtin der weiblichen Kriminalpolizei aus Nördlingen käme. So was gebe es nämlich nicht in Höpflingen, eine WKP. Rita wußte natürlich nicht, was das alles sollte, von welchem Abend überhaupt die Rede sei, und im Schergerwald sei sie oft gewesen und zu jeder Tageszeit. Aber Hauber sagte immer noch freundlich: »Gucken Se mal, Fräulein, daß Se an dem Abend dort waren mit dem Herrn Floor, das wissen wir ganz genau. Das streitet der Herr Floor ja auch gar nicht ab.«
Wieder wankte die Welt. Es war nur noch nicht klar, nach welcher Seite sie umkippen würde.
»Wo ist der Herr Floor?«
»In Nördlingen im Krankenhaus. Ich dürft' Ihnen das gar nicht sagen, Fräulein. Er hat einen Herzanfall gehabt. Nix Lebensgefährliches. Es geht ihm schon wieder ganz gut. Das war ja auch ganz praktisch« –, er grinste Rita nett an –, »es wär' sonst schwieriger gewesen. Ich mein', wir hätten sonst anders dafür sorgen müssen, daß Sie keine Aussagen verabreden, Sie und der Herr Floor.«
»Ich will mit ihm sprechen. Sonst sag' ich gar nix.«

»Das wär nicht gut. Weder für ihn noch für Sie. Sie sind Zeugin. Wir können eine ärztliche Untersuchung verfügen. Frauenarzt und so, verstehen Sie? Das wird dann alles so peinlich. Sprechen dürfen Sie mit Herrn Floor. Aber später. Und natürlich nicht allein.«
»Was wollen Sie wissen?«
»Ist es zu Zärtlichkeiten gekommen?«
»Ich liebe ihn.«
Hauber nickte, als habe er soeben die Bestätigung einer anderen Aussage erhalten. Es war etwas Tragisches in diesem Nicken, etwas Ergriffenes. Es war das Nicken eines nicht gefühllosen Polizeibeamten, der gerührt war von etwas Ergreifendem. Einer unglücklichen Liebe. Von der Liebe zwischen einem älteren Lehrer und einer Sechzehnjährigen, die keinen guten Ruf hatte. Nur so konnte es sein. Floor hatte sich zu ihr bekannt. Und so war das Leben nun doch schön. Und jetzt mußte Rita das Schönste tun. Eine unvergeßliche Tat. Sie mußte Floor heraushauen. »Es war aber nix. Er hat mir nur ins Gewissen geredet. Ich hab' ihm gesagt, daß ich mich umbring', wenn er nicht rauskommt abends zu Schillingseiche. Dort hab' ich ihm gestanden, daß ich eine Hur' bin. Und ihn tät' ich aber lieben. Aber er hat mich nicht angerührt.«
»Wir haben aber eine Aussage. Es ist beobachtet worden, daß er Sie angefaßt hat.«
»Das schon, aber bloß als Zuspruch, weil ich so verknirscht war, daß ich eine Hur' bin.«
»Davon hat er aber nix gesagt, Fräulein.«
»Das ist, weil er ein guter Mensch ist und ein Herr.«
»Mädle«, sagte Hauber da plötzlich und sah wieder ganz tragisch aus, »Mädle, was der Herr Studienrat Floor ist,

muß er selber wissen, und daß du keine Hur' bist, das weiß ich. Warum willst du ums Bocksverrecken eine sein?«
Da richtete sich Rita hoch auf über dem Küchentisch. Sie wußte, daß der Beamte es gut meinte, aber schließlich ging es jetzt um ihre Ehre, wenn auch in einem Sinn, den ein Höpflinger Polizeioberinspektor nicht verstand:
»Daß ich eine bin, das weiß ganz Höpflingen.«
»Wenn du meinst«, sagte Hauber traurig, »es ist aber für diesen Fall ohne Belang. Du hilfst dem Floor nicht, wenn du dich selber als Hur' ausschreist, und es hilft ihm auch nicht, wenn bei verfügter ärztlicher Untersuchung herauskommt, daß du noch Jungfrau bist. Weil, es gibt Lumpereien genug, die er mit dir getrieben haben kann, ohne das.«
»Das ist ausgeschlossen, weil der Floor ein Herr ist, der keine Hur' anlangt, und ich bin aber eine.«
»Das wird sich alles herausstellen.« Hauber lächelte freundlich und verabschiedete sich mit der Versicherung, man werde in Verbindung bleiben. Es klang fast wie der Beginn einer Freundschaft.
Am späten Nachmittag war Rita klar, daß alles passieren durfte, nur dies eine nicht: daß Floor jemals bedauerte, zum Säubach gekommen zu sein. Er würde sonst in Augsburg nicht mehr an sie denken. Nicht mehr so, wie sie es sich wünschte. Und das durfte nicht sein. Also mußte sie das bleiben, wozu sie sich gemacht hatte, und je unumstößlicher ihr übler Ruf war, desto unwahrscheinlicher mußte es dem Gericht erscheinen, daß sich einer wie Floor mit ihr eingelassen, daß er sie auch nur berührt haben könnte, es sei denn als

Zuspruch. Und da fiel Rita der Frauenarzt ein. Wenn sie sich einer Untersuchung nicht widersetzen konnte, durfte der Arzt nichts entdecken, was ihrem schlechten Ruf schadete.
Die Sonne schaukelte in roten Stücken im Muusbogen, als Rita im Gestrüpp hinterm werktags immer leeren Biergarten vom »Friedenseck« lauerte. Und endlich kam auch die dicke Elsgund heraus, wie immer: lautlos, Leine und Peitsche, lautlos auch der Hund. Nach ein paar Minuten ging Rita hinein. Von der Ziegelei her heulte die Sirene. Alles mußte schnell sein, denn bald würden nun die ersten Arbeiter zum Bier kommen. Der »Friedenseck«-Wirt suchte schnaufend, mit fahrigen roten Händen das Schild »Komme gleich!«, hängte es hinaus und schloß beide Türen ab. Rita verlangte fünfzig Mark. Auf dem Heimweg trabte sie leicht. Die Sonne im Muusbogen war erloschen, auf der Lichtung gegen die alte Fähre zu stand bewegungslos ein Rudel Rehe.
Die Aufforderung zur ärztlichen Untersuchung kam mit dem von der Landwirtschaft so lang ersehnten Regen. Kühle Tage, Rita fuhr mit ihrer Mutter nach Nördlingen. Aber auf Station IV des Kreiskrankenhauses hatten sie nichts mit Frauensachen zu tun, das merkte Rita gleich. Sie maßen was mit Strom an oder in Ritas Kopf. Dann stellte eine blonde Ärztin Fragen, machte sich Notizen. Zwischendurch mußte Rita einen Baum malen. Dann wieder Fragen, die sie nicht verstand, aber sie erkannte bald an einer sich wiederholenden, ganz leichten Kopfbewegung der Ärztin, wenn ihre Antworten in irgendein Konzept paßten. Und die Ärztin brachte wirklich Sachen aus ihr heraus,

die sie niemandem gesagt hätte. Außer Floor vielleicht. Zum Beispiel das mit der Sirene früher und daß sie sich mit ihrem Aufheulen immer an was schuldig gefühlt hatte. Der Baum, den Rita gezeichnet hatte, schien der Ärztin zu denken zu geben. Etwas stimmte nicht. Sie mußte aufpassen. Wenn sie wenigstens mit Floor sprechen könnte ...

Die Ärztin wollte hinterher noch allein mit der Mutter reden, und Rita fragte sich in Windeseile durch ins Stockwerk, wo die »Inneren« lagen. Und da sie immer schneller rannte, atemloser keuchte, schien sie mehr und mehr den Eindruck zu erwecken, sie sei auf dem Weg zu einem Sterbenden, so daß die Auskünfte des Personals bereitwilliger, genauer wurden. Sie gelangte bis in den Korridor, in dem Floors Zimmer liegen mußte. Bog um eine Ecke und hörte: »... schwer depressiv, das arme Ding.« Es war eine Männerstimme. Und eine andere antwortete: »Aber das hab' ich ja von Anfang an gesagt!« Und das war Floor.

Rita warf es zurück hinter die Ecke. Dort stand sie, obwohl atemlos, völlig ohne Regung. Der andere Mann sagte: »Behalten Sie's für sich. Die Ärztin dürfte normalerweise gar nicht mit mir reden. Aber wir kennen uns privat, und das war auch grade nur ein kurzer Anruf. Ich hab' das Gefühl, es geht alles glatt. Der Befund dürfte so ausfallen, daß Ihre Aussage voll gestützt wird. Wären Sie nicht hingegangen, wäre das unterlassene Hilfeleistung bei einer akuten Selbstgefährdung gewesen. Natürlich hätten Sie einen Arzt oder die Polizei verständigen müssen. Das ist der einzige Schönheitsfehler.«

Rita schielte um die Ecke. Dort am halboffenen Fenster

zwischen Topfpflanzen, in einer Plastiksitzecke, hockten Floor und der andere. Floor hatte einen Bademantel und Lederpantoffeln an. Er rauchte und wedelte nach jedem Zug den Rauch weg. Wahrscheinlich war es ihm verboten, und deshalb saßen die beiden auch nicht in Floors Zimmer. Er sagte: »Ich hab' dran gedacht. Aber dann hatte ich Bedenken. Sie war so hysterisch. Sie hätte es mir als Verrat ausgelegt und hätte vielleicht . . . ich weiß nicht, was . . . Jedenfalls war ich sicher, ich bring' sie auch allein zur Räson.«
»Gut. Pädagogisches Engagement. Und dafür haben Sie sogar eine zweideutige Situation in Kauf genommen, sehr gut. Und was diese Frau Schell angeht, so genau will sie's nun doch wieder nicht gesehen haben. Ich habe ihr mit einer Verleumdungsklage gedroht. Da ist sie erschrocken. Eine unappetitliche Person.«
»Nun ja . . .«, sagte Floor. Er vergrub seine Kippe in Blumentopferde und verbrannte sich ein bißchen dabei. Dieses kontrollierte Zucken der Fingerspitzen war das letzte, was Rita von ihm sah. Alles war, wie schon einmal in diesem Sommer. Leb wohl, Graf Douglas. Leb wohl, Floor. Und denken wirst du doch an mich, Floor, dein Leben lang . . . Floor . . .
Die Korridore wankten.

Sehr früh am nächsten Tag ging sie zur Polizei. Hauber war sofort für sie zu sprechen, obwohl er eben erst gekommen war und noch an einem Wecken kaute. Und Rita sagte aus, Floor habe sie schon während jener gemeinsamen Bahnfahrt berührt. »Unsittlich?« fragte Hauber. »Unsittlich«, sagte Rita. Floor habe sie auch zu dem Rendezvous im Schergerwald überredet, er sei

verrückt nach ihr gewesen, und das Gerede, daß sie eine Hure sei, habe ihn nur noch verrückter gemacht. Dort, an der Schillingseiche, sei es dann auch passiert. Er sei ihr erster Mann gewesen. Hauber stenographierte schweigend und düster mit.
»Und wieso sagen Se das erst jetzt, Fräulein?«
»Da, im Krankenhaus gestern, wie ich gemerkt hab', daß das psychiatrisch war, hab' ich Angst gekriegt, die denken, ich bin verrückt, und behalten mich, wenn ich so weiterlüg' . . . bloß für ihn . . . daß ich drinhock' in der Spinnstub', und er ist aus allem raus, das wär ja auch verrückt.«
Huber stand auf. »Warten Se einen Augenblick, ich bin gleich wieder da.« Er ging in den Nebenraum und schloß die Tür. Sie hörte ihn telefonieren, verstand aber nicht, mit wem er sprach und was er sagte. Auf Zehenspitzen ging sie hinaus.
Im Café Ott aß sie gegen zehn Uhr ein Stück Nußtorte mit extra Sahne dazu. Sie bezahlte vom Geld des »Friedenseck«-Wirts. Dann streifte sie ohne Mantel durchs Ried. Es regnete wie in den letzten drei Tagen. Die Muus war grüngraubraun. Am Boden oberhalb vom Kraftwerk fand sie eine schwarze Bademütze, übrig vom Sommer, auf den Steinplatten an der Böschung. Rita setzte sie auf. Eine schwarze Badekappe hatte sie sich insgeheim immer gewünscht. Zum roten Haar hätte die ihr toll gestanden. Aber das wäre ein Bekenntnis zu ihrer roten Flagge gewesen, und so weit war sie nie gekommen. Erst jetzt. Es war ein Fehler, sich blond färben zu lassen, von jetzt her gesehen. Wie lange das Haar weiterwachsen würde? Der alte Friseur in Wiprechtshausen fiel ihr ein. Titschian. Der vergilbte

Kopf neben dem ihren im Spiegel, tief gebeugt wie über ein verlorenes Leben. Seine Hände auf ihren Brüsten, ganz still. Ein netter Mann.
Gegen Mittag hörte es auf zu regnen. Süden zu klarte es auf. Ein Stück heller Himmel, zwei Bussarde darin wie in einem von riesiger Kinderhand eingerissenen Fenster. Das Wasser war nicht ganz so kalt, wie sie befürchtet hatte, aber die Strömung griff rasch zu. Als sie an der Stelle vorbeitrieb, wo der Setzling im August seinen eigenen Rekord gebrochen hatte, rief die Mittagssirene vom Schergerwald. Das Heulen ging unter im Rauschen der Kanalmündung.

Elfriedes Traum

Es war beim Maitanz drüben in Schergersheim. Es war, genauer gesagt, im Biergarten hinterm Wirtshaus »Zum Ochsen«. Es war ganz genau zwischen zwei mannshohen Fliederbüschen, einem weiß und einem lila blühenden, was aber keinen großen Unterschied machte, denn es war eine dunkle Nacht, zudem war am früheren Abend ein heftiger Regen niedergegangen überm ganzen Muusgau, so daß der Garten, während sie drinnen schwoften zur Blasmusik, menschenleer lag und wie nicht vorhanden, mit schräggestellten Eisenmöbeln unter toten Glühgirlanden und tropfendem Laub. Es herrschte auf diese Weise eine naturgegebene Diskretion, als sich endlich das Große, das Neue ereignete im Leben der Elfriede Brenz aus Brimmern an der Muus. Das war vier Wochen nach ihrem einundvierzigsten Geburtstag. Das war fünf Wochen, nachdem der amerikanische Präsident Truman seinen General Mac Arthur als Oberbefehlshaber der Streitkräfte in Korea abgesetzt hatte. Das war der zweite Sonntag im Mai 1951. Da endlich, nach einem bisher vergeblichen Leben, wußte Elfriede Brenz sich geliebt. Und da dies das einzige war, das sie sich vom Leben erwartet hatte, darf man sagen: Nicht nur diese Geschichte, sondern ihr ganzes Leben begann an diesem Abend.
Sie stand im zu dünnen Kleid, angefeuchtet an Rücken und Hintern, zwischen den Zweigen, aus denen das

Regenwasser spritzte bei jeder Bewegung. Sie stand mit dem ortsbekannt massigen Leib auf ortsberühmt schlanken Beinen und wünschte sich noch schwerer als ihre fast neunzig Kilo, denn sie fürchtete, jeden Moment abzuheben, zu entschweben oder zu versinken oder beides, jedenfalls irgendwie abhanden zu kommen vor Schwindel und Seligkeit, denn alles war jetzt möglich, da doch dies eine eingetreten war, fühlbar geworden Fleisch an Fleisch in der schwarzen Nässe einer beliebigen Mainacht: Elfriedes Traum, früh geboren und früh verflucht, hartnäckig, aber zählebig, nie erfüllt, oft nur scheintot für tot erklärt, vor sechs Jahren endlich gestorben und begraben und nun so spät wahrhaftig auferstanden in der strammen Leibhaftigkeit des Poliers Max Hörholz, der soeben unsichtbar, aber dicht an ihrem Ohr gesagt hatte: »Es ist tragisch, Elfriede, weil: Es ist ein Konflikt. Was soll ich machen? Treib' ich die Leut nicht an und zieh' die Sache mit Fleiß in die Länge, dann bleib' ich nicht lang Polier, und es ist eine Lumperei obendrein. Treib' ich aber den Bau voran, dann wird mir's Herz schwerer mit jedem Tag. Weil: Wenn der Bau steht, muß ich fort!«
Drinnen im »Ochsen« schwoften sie zu »Blutrote Rosen«, und dies hier war Liebe, ganz eindeutig. Einmal in einundvierzig Jahren, die letzte Bestätigung einer dunklen Ahnung im ersten Frühjahr, einer langen, ungläubigen Hoffnung mit den wachsenden Tagen, und nun hier im tropfenden Biergarten: die große Liebe, so, wie sie sich's immer vorgestellt hatte. Kein Zweifel war mehr möglich und erlaubt. Max Hörholz hätte sonst nie Wörter gesagt wie tragisch und Konflikt und Herz. Er war kein Wörtermann. Er war mit den Händen gut und

mit allem anderen auch, was an ihm dran war, aber nicht mit den Wörtern, außer mit denen, die auf den Bau gehörten. Max Hörholz von der Baufirma Stämpfling in Heilbronn, welche die Hühner- und Putenfarmen hinstellte überall im jungen Staat, der wirtschaftlich aufstrebte und sich an Geflügel gar nicht sattfressen konnte. Max Hörholz hatte die Hühnerfarm in Brimmern gebaut, und Elfriede hatte ihn von Baubeginn an geliebt.

Dem war sie vom September an unter die Augen gekommen, sooft es ging, am Zaun des Gemüsegartens, wo die Baustelle seitlich angrenzte hart am Waldrand. Dem hoffte sie, nicht ganz aus dem Sinn zu kommen, als der Frost die Arbeit unterbrach und der Bautrupp abgezogen wurde ins wärmere Neckartal. Dem war sie im Frühjahr wieder am Fenster seines Bauwagens erschienen, abends und auch im Morgengrauen mit traumgeweiteten Augen. Dem war sie in den ersten Frühlingsnächten in die Waldschenke nachgestiegen, wie zufällig für Zigaretten, und dessen Rückweg kreuzte sie dann wieder wie ein verstörtes Nachtwild, massig auf zierlichen Fesseln, solange, bis er sie am Vorabend des Richtfests in den Bauwagen mitnahm, die Petroleumlampe anzündete und das Fensterchen verhängte.

Es war eng und schön und wollte mehr sein, je nachdem, wie sich's bei Elfriede einrichten ließ, daß Brenz nichts merkte, und je nachdem, von Max aus, bis eben die Hühnerfarm stand. Das war klar. Er war es so gewohnt, wo immer er Geflügelfarmen baute, die eine in Niedersachsen, die andere im Bayerischen. Aber an dieser hier am Rand des Schergerwalds im Muusgau nahe Brimmern, an diesem winzigen, auf keiner Landkarte verzeichneten Fliegenschiß von Punkt hing das Leben, die Welt, das All und das Nichts – jedenfalls für Elfriede Brenz, die wirklich der unsinnigen, maßlosen, phantastischen und natürlich ganz und gar richtigen Meinung war: Die Welt sei, wenn überhaupt, nur durch Liebe zu retten, und also hinge das Schicksal der Welt im Notfall vom Gelingen oder Mißlingen einer einzigen Liebe ab, und sei es nur der ihren zu einem Polier namens Hörholz, der zu Brimmern an der Muus, wo sich Fuchs und Has gute Nacht sagen, die Hühnerfarm baute. So stand es geschrieben in Elfriedes Hirn und Seele und Herz – von anderen Schlupfwinkeln ihres zu füllig geratenen Körpers ganz zu schweigen –, so stand es in ihr geschrieben von Anfang an, und wer es hineingeschrieben hatte in sie, das wußte sie nicht, das war ganz dunkel, früh geschehen und nicht zu ändern.

Mit elf oder zwölf war sie einmal mit einem längst verstorbenen Onkel im Theater gewesen, im nächstmöglichen Ort für Theater, in Heilbronn, denn im ganzen Muusgau gab es keins. Da hatten sie auf dem alten Marktplatz, der später dann in der Bombennacht eines Dezembers in Schutt und Asche gefallen war, ein Stück aufgeführt, das sogar in Heilbronn spielte, von Haus aus. Die Geschichte von einem jungen Mädchen, das Käthchen hieß, und das entgegen allem gräßlichen Anschein der Welt an die Wahrheit und Macht ihrer Liebe zu einem Ritter glaubte und damit, nach viel Dunkel und Grausamkeit, tatsächlich recht behielt, so daß die Welt wirklich heller war zum Schluß, so daß das Publikum zu Recht froh war und klatschte. Das war ein

Stück nach Elfriedes Herzen gewesen. Darin war sie vorgekommen. Der reinste Spiegel war dieses Stück für sie, und am liebsten hätte sie dem Dichter geschrieben und ihn gefragt, wie er denn sie, die Elfriede aus Brimmern, so genau hätte beschreiben können, da er sie doch gar nicht kannte. Aber sie wußte nicht, wie der Dichter hieß, und der Onkel wußte es auch nicht und war dazuhin viel zu sparsam gewesen, um ein Programm zu kaufen, wo man es vielleicht hätte lesen können, und eigentlich war sie auch wieder froh darum, denn wenn sie Namen und Adresse des Dichters gewußt hätte, wäre sie vor dem Problem gestanden: Wie schreibt man so einem? Doch daß der Dichter sie tief gekannt haben mußte auf geheimnisvolle Weise und daß sein Stück nur die Wahrheit, nichts als die Wahrheit, aber auch die ganze Wahrheit beschrieb, das hatte Elfriede fürs Leben behalten.

Sie stand immer noch da, und der Flieder näßte sie durch das Kleid mehr und mehr. Und Max Hörholz, dicht vor ihr und auch um sie herum, ganz nah und unsichtbar und atemwarm, sagte: »Das geht nicht gut hinaus, Elfriede«, und allein dafür hätte sie sterben (oder vielleicht doch lieber leben?) mögen für ihn. Schöner als mit dieser Trauer wie um eine verspätete Blume, die kaum aufgegangen, schon verderben mußte im ersten Nachtfrost, schöner hätte er nicht ausdrücken können, daß er wirklich sie, die Elfriede Brenz, geborene Rott, aus Brimmern, gemeint hatte in den Nächten bei Petroleumschein und verhängtem Fenster, sie, die es nur einmal gab und die nicht zu verwechseln war mit all den anderen Frauen, die zufällig da und dort in der Nähe der Baustelle wohnten, wo Max Hörholz eben gerade eine Geflügelfarm baute in der großen geflügelgierigen Republik. Dies würde auch für Max Hörholz nicht wiederholbar sein. Dies war keine Bauwagenamour. Dies war das Große, das Neue, die Rechtfertigung für so viele Jahre des unaustilgbaren, maßlosesten, aberwitzigsten Traums, den der Mensch träumen kann und der zugleich ein ganz und gar natürlicher und bescheidener ist: daß nämlich Liebe erwidert würde in dem Maß, in der Weise, wie man sie selber fühlt und also zurück will, ein Ruf vom anderen Ufer her, ein Ruf von drüben, dem eigenen genau entsprechend, ein Seelenlaut aus dem Weltdunkel, der genau den Ton trifft, den man selber angestimmt hat voller Angst und Zweifel, ob man denn je gehört werden würde.

Elfriede Brenz hatte oft gerufen im Dunkel. Erstmals mit siebzehn. Und meinte auch gleich, Antwort erhalten zu haben in einem Reichswehrgefreiten aus Bayreuth. Das war 1927 beim Herbstmanöver im Muusgauer Ried, und der Schergerwald glühte so rot im Laub, daß es aussah, als stünde er wochenlang ganz unbewegt in Flammen. Der Gefreite hatte sie auf einsamem Posten entjungfert in Wehr und Waffen, freilich auch im Suff, wie sich herausstellte, denn am nächsten Tag wußte er nichts mehr davon, was Elfriede aber nicht an ihrem Traum, sondern nur am Adressaten irre werden ließ.

Das war, als schon national gesinnte, adleräugige Männer in Windjacken und Wickelgamaschen den Segelflug übten am Westhang des Guggelbergs, was erlaubt war. Aber bald übten sie den Motorflug als

Vorbereitung für eine neue Luftwaffe, was nicht erlaubt war, aber die Flieger träumten davon, und Elfriede träumte von den Fliegern. Und dann war doch irgendwann die Luftwaffe erlaubt, und das Volk sollte ein Volk von Fliegern werden, und darum entstand in Krummtal drüben der Fliegerhorst, und im Volk der Flieger mußte es natürlich auch welche geben für die Arbeit am Boden, die hießen dann Personal, und mit dem blieb Elfriede am Boden, in Buschwerk und Wiesen, und sah den übenden Fliegern zu. Auch wenn sie es nicht über das Bodenpersonal hinausbrachte, so brachte es sie doch zur Musik in Gestalt eines Hornisten der Fliegerhorstkapelle. Das war ein freundlicher Mensch, der spielte ihr, wenn er Ausgang hatte, abends im Elsterwäldchen das Ave Maria von Gounod. Aber Elfriedes Rufe hörte er nicht.
Ein Arbeitsdienstler dann vom Höflinger Torfstechkommando, der in freien Stunden hübsche Aquarelle machte vom Ried. Und der Brandmeister der freiwilligen Feuerwehr von Wieprechtshausen, ein nervöser Mann, der in allen Lebenslagen, sogar im Holundergesträuch am Bahndamm, immer alarmbereit sein wollte. Im wunderschönen Spätsommer '39, in einer warmen Nacht, war er besonders unruhig und wollte nicht einmal aus der Hose in steter Unruhe, ein Waldbrand könnte ausbrechen. Was aber dann gegen Morgen ausbrach, war der Zweite Weltkrieg, und der Brandmeister fiel schon im Polenfeldzug.
Verschiedenste Militär- und Hilfsdienstpersonen schließlich in zunehmend heroischer Zeit, streng riechende Männer in Drillich, grauer Unterwäsche und wichtigen Missionen. Das Wort lebenswichtig kam aus

der Mode, man sagte nun kriegswichtig. Immer Nacht und Nebel, immer zwischen Fronturlauberzügen und Marschbefehlen, immer ging irgendwo ein Transport, immer bestand irgendwo eine Marschbereitschaft. Hauseingänge, Baracken, Luftschutzkeller, Heuschober und Kantinen. Männer mit dem gleichen Geruch, den gleichen Wünschen. In unschuldiger Eindeutigkeit strebten sie unter Elfriedes Röcke. In ihre Träume nie.

Auch Gotthold Brenz nicht, ein Uhrmacher aus Schwiel bei Brimmern, der trotz seines merkwürdig früh ausgezehrten Körpers als Panzerabwehrkanonier beim Crailsheimer Ersatzregiment stand und letzte frohe Tage in der Muusgauer Heimat vor dem nahenden Fronteinsatz verbringen wollte. Das war im Herbst 1941, und Elfriede war ihm dabei behilflich, was im Schankraum der Brimmerner »Traube« stattfand und später in ihrer Mansarde unterm Dach, wo sie als Hausmagd und Bedienerin Wohnrecht hatte. Nicht, daß der Uhrmacher keine Träume gehabt hätte, aber was er davon verlauten ließ, kreiste vornehmlich um die Konstruktion eines Automobils, das er gänzlich aus Schrottstücken und Ersatzteilen bauen wollte, ganz allein, und es werde flott fahren, besser als ein Fabrikwagen, das werde man schon noch erleben, dereinst, nach dem Endsieg. Davon träumte er, und die Zärtlichkeit in seinen Augen tat Elfriede weh, wenn er von einem Fahrgestell sprach, das er, verrostet, aber komplett, in einer verlassenen Kiesgrube bei Wieprechtshausen gefunden hatte.

Zu ihrem nicht geringen Erstaunen fand sich Elfriede von dem dürren Mann schwanger, nachdem er an die

Ostfront in Marsch gesetzt worden war. Seine Benachrichtigung zögerte sie jedoch immer wieder hinaus, wohl, weil sie im tiefsten Grund nicht fassen konnte, daß ein derart klappriger Mensch der Verursacher von all der neuen Körperlichkeit sein konnte, die sie da in sich fühlte. Und je unförmiger sie auswuchtete, desto weniger paßte in ihrer Vorstellung der ferne, beinige Mann im Osten dazu. Im Sommer '42 kam Elfriede mit einer fast zehnpfündigen Tochter nieder, und erst als das Riesenkind schon ein paar Wochen aus ihr heraus war und sie sich wieder geschrumpft und vereinzelter fühlte, setzte sie ein entsprechendes Feldposttelegramm ab.

So erreichte die Nachricht den Uhrmacher erst, als dieser gerade unter Generalfeldmarschall Paulus zur Wolga vorstieß, unaufhaltsam, laut Heeresbericht. Per Frontferntrauung heiratete er Elfriede ohne Zögern und erwies sich so als ein Mann von Ehre, wohl auch von Weitblick, denn er kam in den Genuß eines Sonderurlaubs, den damals die Wehrmacht bei günstiger Frontlage in solchen Fällen noch gewährte, und konnte auf diese Weise den Siegeszug nach Stalingrad für seine Person abbrechen. Im Bahnhof von Nürnberg, wo der Fronturlauberzug in einen Nachtangriff der Royal Airforce geriet, ging Gotthold Brenz spurlos verloren. Man rechnete ihn einer Gruppe nicht mehr identifizierbarer Brandbombenopfer zu. Monate später erst – seine Einheit war längst eingeschlossen am Wolgaknie – griff ihn eine Streife der Feldgendarmerie als Hilfsarbeiter in einem Altmetallager bei Treuchtlingen auf. Er wurde wegen Fahnenflucht und Sabotage zum Tod verurteilt, obwohl ihm hinsichtlich des letzteren Delikts nichts nachgewiesen werden konnte außer dem merkwürdigen, vom Gericht als wehrkraftzersetzend gewerteten Versuch, ein Automobil aus Schrottteilen zu bauen. Aus Gründen, die nie vollständig bekannt wurden, blieb er jedoch am Leben und saß bis zum Kriegsende im Gestapogefängnis von Ansbach. Im Muusgau galt er seit seiner Verurteilung, die amtlich bekannt gemacht wurde, als tot.

Elfriede hatte dem ihr angetrauten und alsbald in einem Gewölk düsteren Schicksals entschwundenen Mann ein Gefühl melodramatischer Anhänglichkeit bewahrt und war insgeheim schlechten Gewissens erleichtert, der Frage enthoben zu sein, ob eine Ehe mit dem ausgemergelten Bastler ihr Glück bedeutet hätte. Doch bezog sie Lieder wie »Tapfere kleine Soldatenfrau«, die der Rundfunk mit zunehmend ernster Kriegslage zur Tröstung derer spielte, die nun die »Heimatfront« waren, mit einem Gefühl von Tragik und Rührung auf sich, und als im Brimmerner Lichtspieltheater »Die große Liebe« lief, ging sie zweimal hinein und heulte danach noch bis tief in die Nacht. Die schwere Tochter ließ sie Zarah taufen nach der Kinoheldin, und so war das Kapitel Gotthold Brenz für Elfriede auf eine Weise abgeschlossen, die etwas angenehm Ausnahmehaftes, Dunkel-Bedeutendes hatte, eine geheime Würde und vor allem etwas Endgültiges, das ihr nicht unwillkommen war, schon deshalb nicht, weil vom Advent 1944 an ein junger, ansehnlicher Ausbilder des Muusgauer Volkssturms ihr durchaus beweisen wollte, daß er keinen Anstoß nehme an der Witwe eines hingerichteten Deserteurs. Ein gerade neunzehnjähriger WaffenSS-Unterscharführer, den ein zerschossener Arm nicht

daran hinderte, den Beweis überzeugend und immer wieder zu führen, den schweren Winter lang.
So kam Elfriedes vierunddreißigster Geburtstag, und ein heller, warmer März hielt den Himmel weit offen für die Bomberströme der US-Airforce. Ein gesegnetes Frühjahr. Die Forsythien blühten so zeitig wie nie zuvor im Muusgau. Der Unterscharführer war blond und schmal, und auch er hatte Träume: Das Ritterkreuz wollte er noch, bevor der Krieg alle wird, sagte er. Ein trotziges Kind aus Breslau, wo längst die Russen saßen. Und als die Amerikaner dann den Krummtaler Fliegerhorst drüben besetzten, scharte das Breslauer Kind eine Handvoll Brimmerner Kinder um sich und verschanzte sich in der Burgruine auf dem Guggelberg. Von dort oben schossen sie aus allen Ritzen und gingen nicht mehr herunter, und nach drei Jagdbomberangriffen und Artilleriefeuer schossen sie immer noch. Die Amis mußten sie mit Flammenwerfern aus dem Felsennest schweißen. Es kam keiner davon.
Der lange, heiße Sommer danach. Die Muus nur noch ein Rinnsal, aus dem verrostete Fahrradrahmen und Kinderwagenwracks ragten. Der neue Duft von Benzin, süßen Zigaretten, Kaffee und Natrongebackenem aus dem olivgrünen Camp auf der Uferwiese. Und ein baumlanger Sergeant aus Laredo im Staate Texas, hart an der mexikanischen Grenze. Der hatte ein dunkles, schwarzes Bärtchen im bronzenen Gesicht wie eine sehr sorgfältig gemalte zweite Oberlippe. Der konnte Cowboylieder zur Gitarre, »Under Western Skies« und andere, und der sprach vom Rio Grande mit einer Selbstverständlichkeit, als wär's die Muus, und wenn er abends mit Elfriede im Elsterwäldchen auf einem

Baumstamm saß und zur Muus hinuntersah, geschah dies ja immerhin mit Augen, die gewohnt waren, den Rio Grande zu sehen, und so erblickte Elfriede also mit seinen Augen den legendären Fluß, die Klippen, die Stromschnellen, die rote Abendsonne hinter schwarzen Schwertkakteen, sah die Herden, hörte die Rufe und war ganz hin vor Traum und Seligheit mit ihrem Cowboy, der nicht nur ein schöner Mann war, sondern auch ein weiches Herz hatte, das litt unter der Einsamkeit eines Kompaniekameraden, der schüchtern war und furchtsam und es nicht wagte, sich über das Fraternisierungsverbot hinwegzusetzen und mit einem deutschen Mädchen anzubändeln. Darum brachte der Sergeant den armen Kerl eines Abends mit ins Elsterwäldchen. Die Ausgangszeit für die deutsche Bevölkerung war schon verlängert bis halb elf, und der schüchterne Junge war sehr stumm, sehr nett, sehr dankbar. Und als die Ausgangszeit bis Mitternacht verlängert wurde, waren es schon drei sehr schüchterne, stumme Kameraden des Sergeanten, und vom vierten erfuhr Elfriede dann, daß ihr Sergeant von jedem jedesmal fünf Dollar kassiert hatte den ganzen heißen Sommer lang. Da aber wurden die grünen Zelte am Fluß auch schon abgebrochen, weil richtig Friede war inzwischen und man nicht mehr in jedem Nest einen Militärposten brauchte, sondern es sollte nur noch das Camp in Schergersheim die Gegenwart der Vereinigten Staaten von Amerika im Muusgau bezeugen. Der Sergeant und alle seine schüchternen Kameraden wurden nach Fernost verlegt, und für Elfriede war die Muus jetzt wieder nur noch die Muus. Und für Brimmern, das nichts von der Romantik des Rio

Grande bemerkt hatte, war Elfriede Brenz eine Amihure.
Davon mußte auch der Uhrmacher gehört haben. Der stand eines Mittags wie sein eigener Geist in der Tür, dürrer als alle Erinnerung wußte, schloß feuchten Auges die dreijährige Zarah in die Arme und begann dann ohne ein Wort Elfriede mit einer solchen Inbrunst zu verprügeln, daß diese gar nicht auf die Idee kam, sich gegen den schmächtigen Mann zu wehren. Später an diesem Tag schlug sie dann doch zurück. Das war, weil der Uhrmacher wieder Lust zu prügeln bekam, obgleich inzwischen Versöhnendes stattgefunden hatte. Da fand Elfriede, es sei nicht gut, wenn dies zur Gewohnheit würde und also das Kind immer mit ansehen müsse, wie eine halbe Portion Mann eine doppelte Portion Frau vertrimmte. Und dafür mußte die kleine Zarah mit ansehen, wie ihre dicke Mutter einen dürren Mann jämmerlich verdrosch, der behauptet hatte, ihr Vater zu sein. Gotthold Brenz lag zum Schluß in einem Korb Bügelwäsche wie zusammengefaltet und sagte bitter: »So geht man nicht um mit einem politisch Verfolgten.« Dies stimmte Elfriede wieder weich, und so fand zum zweitenmal Versöhnendes statt, während die Tochter in der Küche einen Karton amerikanische Schokolade plünderte, den der Totgeglaubte mitgebracht hatte. Das war am Tag, an dem Japan kapitulierte und also für einen winzigen Augenblick der Weltgeschichte vollkommener Waffenstillstand herrschte auf der Erde.
In dieser Zeit dachte Elfriede, daß der Uhrmacher sich nicht schlecht hielt für einen, der mit nichts als dem Hemd auf dem Leib zwischen Sarg und Deckel dem Tod entsprungen war und auch zu Hause nicht mehr

vorfand als eine Schlampe und ein zu dickes Kind, das Zarah hieß nach einer außer Mode gekommenen Kinoschönheit. Die kleine Uhrmacherwerkstatt in Schwiel drüben hatte der alte Brenz, ein winziger Mann mit Wilhelm-II.-Bart und fiebrig nationaler Gesinnung, aus Zorn und Scham über den vermeintlichen Schandtod seines Sohnes geschlossen, die Einrichtung verkauft gegen zwei Faß Jagsttäler Krottenbiß, wie durchgesikkert war. Nicht ganz nüchtern, wie ebenfalls durchgesickert war, hatte er sich in einer Versammlung der Brimmerner Ortsgruppe von dem Vaterlandsverräter, den er seinen Sohn nicht mehr nennen wollte, losgesagt. In den letzten Kriegstagen war er dann draußen am Muustalviadukt, patriotische Lieder singend, einem streunenden Tiefflieger in die Leuchtspurgarbe gestolpert, wie beobachtet worden war, und nun lag er neben seiner längst verschiedenen Frau unter einem Grabstein, den laut letztem Willen sein alter Stahlhelm aus dem Ersten Weltkrieg zieren sollte, dies aber nicht mehr tat, weil vaterlandslose Elemente wiederholt hineinuriniert hatten.
Für einen dergestalt Entwurzelten, fand Elfriede, hielt sich der Uhrmacher nicht schlecht. Von den Umständen seiner Gestapohaft ließ er nichts verlauten. Wer ihn danach fragte, erhielt nur einen schräg nach oben wegkippenden Blick, ähnlich dem ersten Ansatz zum Niesen, die jäh einsetzende Erinnerung eines Schmerzes anzeigend und so den unbedarften Frager herb beschämend. Doch wurde der Uhrmacher vom Tag nach seiner Rückkehr an ausdauernd vorstellig bei den Behörden. Er besaß eine von der Militärregierung ausgestellte Bescheinigung, die ihn als ein Opfer des

gestürzten Regimes auswies, und so allgegenwärtig stand seine dauerhaft ausgemergelte Gestalt in den Amtsstuben der Ortskommandantur und der kleinlaut wieder funktionierenden Kommunalverwaltung herum, daß man ihm nicht nur das Motorrad des auf der Flucht gefaßten Kreisleiters von Schergersheim samt Benzingutscheinen überließ, sondern auch seinem Wunsch entsprach, mit seiner Familie das Anwesen draußen im Halberschlag zu beziehen.

So hieß nach dem alten Flurnamen ein etwas heruntergekommener Gemeindebesitz außerhalb des Orts, dicht am Waldrand, Einödhof ursprünglich, dann Ausflugslokal, dessen letzter Pächter, ein SA-Mann, kurz vor dem Einzug der Amerikaner geflohen war. In jener Novembernacht achtunddreißig hatte der zum Beweis seines gerechten Volkszorns den Weinhändler Tannenbaum durch das Schaufenster seines Ladens auf die Straße geworfen, was manche Brimmerner damals im stillen ungehörig gefunden hatten. »Weil mir dies passiert ist, muß ich nun weg«, hatte der Mann brieflich dem Bürgermeister hinterlassen und war im Schergerwald verschwunden.

Nun richtete sich im Halberschlag eine neue Brimmerner Familie ein, die bestand aus einem Totgeglaubten, einer Frau, welche für die Bürgerschaft längst gestorben war, und einem Kind, das Zarah heißen würde ein Leben lang. Eine Familie rundherum, die man nicht ungern weit draußen wußte, am Waldrand. Doch zeigte sich mit fortschreitendem Herbst, daß der Halberschlag sich wieder wachsender Beliebtheit als Ziel von Spaziergängern erfreute. Liebhaber der Dämmerung, der Abendluft waren es und Einzelgänger, die mehr und mehr hinauswanderten zwischen Siehst-mich-nicht und Nacht. Sie schlenderten wie von ungefähr im Randbereich der Straßenlaternen, wurden dann bewußteren Schritts, und vollends im Schutz der Chausseebüsche hinter den letzten Häusern schritten sie wacker aus, fielen nur wieder in den Schlendergang im Falle von Begegnungen, die freilich desto unvermeidlicher wurden, je mehr Brimmerner die Freude am abendlichen Wandern entdeckten. Der Schergerwald wurde gelb, dann rot, und als er kahl war, wanderte ganz Brimmern, schleppte Dinge in den Halberschlag, die zur Not entbehrlich waren, und schleppte Dinge zurück, an denen man Not litt, in Rucksäcken, Aktentaschen, Koffern, in Kinder- und Leiterwagen, und es brauchte keine Heimlichkeit mehr, denn längst war das Gerücht verstummt, die Abendgänge gälten der dicken Elfriede mit den schlanken Beinen, die Gunst gewähre gegen Wertsachen oder auch nur für eine menschliche Ansprache, weil sie diese bei dem »Dachauer«, wie der dürre Heimkehrer inzwischen genannt wurde, so wenig fände wie ein solides Sinnenglück. Die Wahrheit war viel respektabler.

Die Wahrheit hatte angefangen mit einem stabilen Anhänger, den der Uhrmacher sich aus zwei alten Fahrradrädern und ein paar Brettern gebaut hatte. Mit diesem, hinter das Motorrad gespannt, fuhr er im ganzen Muusgau umher nach schwer zu durchschauendem Plan: kreuz und quer, scheinbar ohne System, auf Routen, die nicht der Vereinfachung des Weges zwischen den Ortschaften galten, sondern sich nach anderen Zwecken richteten, auch wenn diese nicht zutage lagen. Das eine Mal rumpelte er auf Knüppeldämmen durchs Ried, das andere Mal quälte er das weithin klappernde Gefährt die Waldberge hinauf und hinunter, dann wieder preschte er, winzig vor lächerlich langer Staubwolke, über die Hochebene bis weit ins Löwensteinische hinein.

Wie im Kleinen sich aber der Zeitenwandel oft am genauesten abbildet, ist daraus ersichtlich, daß die Muusgauer in diesen Tagen den »Dachauer« mit einem anderen Spitznamen behängten: Den klapperdürren Mann im Sattel des scheppernden Kraftrads vor riesig leuchtender Staubwolke nannten sie nun den »Ghostrider«, was anzeigt, daß ihnen ein Name, eine Gestalt aus den soeben im amerikanisch besetzten Gebiet anlaufenden Wildwestfilmen nun schon gegenwärtiger war, tauglicher schien zur Bezeichnung jämmerlicher Absonderlichkeit als der Name jener bayerischen Kleinstadt mit dem Lager. Dachau lag schon in einer entfernteren Welt, doch hart an den Muusgau grenzte der Grand Canyon.

Der Ghostrider, der Dachauer, der Uhrmacher verlegte aber seine rätselhaften Fahrten bald in die Zeit der Dunkelheit und der Dämmerung. Es schien, als wolle er die Flagge seiner Staubwolke nur noch im Unsichtbaren hissen. Er näherte sich seinen Zielen lange nach Einbruch der Nacht, fuhr frühestens zwei Stunden nach Sonnenuntergang in ein Dorf ein und verließ es mit dem ersten Morgengrauen. Er glich einem Pfarrer oder Landarzt, der ohne Rücksicht auf den eigenen Schlaf die Nächte drangibt, um seinen Bauern das Sterben zu erleichtern.

Es fügte sich nun, daß jeweils in den Dörfern seiner Nachtrast geschlachtet und gewurstet wurde in abge-

dunkelten Scheunen, Küchen und Kellern. Und es fügte sich ferner, daß solche Schlachtungen behördlicherseits stets unbeanstandet blieben, auch wenn hungermäulige Mißgunst den Behörden der Besatzungsmacht und der Verwaltung davon Kunde gab. Dies ließ den ganzen Muusgau anfänglich staunen, war doch Schwarzschlachtung bei angespannter Ernährungslage eines der wenigen Delikte, gegen welche die verschüchterte kommunale Autorität mit Strenge einzuschreiten sich noch gönnen durfte. Volksschädlinge waren das, man liebte das Ausrottungswort noch, mit dem der rasende Freisler Zehntausende aufs Schafott geschickt hatte, wenn man auch vorsichtig geworden war damit, da es zum offiziellen Sprachschatz der Diktatur gehört hatte. Auf Schwarzschlächter angewendet, hatte es wenigstens inoffiziell noch seine alte Ordnung damit und den kalten Vernichtungsklang, auch wenn die Strafen, hohe Geldbußen und in schweren Fällen Gefängnis, natürlich mickrig waren, denn Schädlinge – wozu sonst die Bezeichnung? – gehörten ja weg.
Der Muusgau also staunte den ganzen schönen Herbst lang, daß Schlachtungen, denen der Uhrmacher beigewohnt hatte, nie beanstandet wurden, weil ihnen der Kreisveterinär Küchlein im Falle ihres Ruchbarwerdens nachträglich die Dringlichkeit einer unversehens notwendig gewordenen Notschlachtung bescheinigte. Und dies konnte nicht lange als Zufall gelten. Es gab genug Bauern, die es vergeblich versucht hatten, den Dr. Küchlein auf eigene Faust mit einer halben Sau, einer Rinderhälfte oder hundert Büchsen Preßwurst zu bestechen. Es half nichts. Es mußte dies alles nur über den Uhrmacher gehen, den Dachauer, den Ghostrider,

der drei-, viermal die Woche in milchiger Morgenfrühe über die noch von Panzerketten gekerbten Landstraßen in den Halberschlag zurückfuhr, langsam und vorsichtig, denn die Last an Fleisch und Wurst und Speck im Anhänger unter der Plane war schwer.
Es ging schon auf Martini, als die Findigsten in den Muusgauer Wirtschaften bei geizig geschenkten Neuen an das Geheimnis stießen, das doch so tief nicht verborgen war: In dieser Zeit der Bescheinigungen, wo also der Tierarzt gewissen Schlachtungen Legalität bescheinigte, mußte ihm als Gegen- oder Vorausleistung auch etwas bescheinigt worden sein, anders war es nicht denkbar. Ein Schein gegen den anderen, das war klar. Welchen Schein aber konnte der Dachauer, ein dubioser Mensch, von Rechts wegen längst in Schande tot, ein verkrachter Uhrmacher, angetraut einer dicken Biermamsell mit schlanken Beinen, zwischen denen man sich zeitweise eine ganze Besatzungskompanie hatte vorstellen müssen – welchen Schein konnte der Uhrmacher dem Kreisveterinär verliehen haben, einem Akademiker immerhin und einem national denkenden Mann dazu? Die beiden in einem Tauschgeschäft, die Reputation betreffend? Undenkbar in normalen Zeiten, nur eben: Die herrschten nicht. Im Herbst 1945 war viel denkbar geworden an Undenkbarem, und attestierte der Dr. Küchle in karger Zeit gewissen Schwarzschlachtungen die Rechtmäßigkeit, so ließ sich spekulieren, daß dem Dr. Küchle etwas attestiert worden war, das zurücklag in der argen Zeit. Arglosigkeit etwa, eine gewisse inwendige Menschlichkeit vielleicht, die eben drum, weil sie inwendig gewesen, nicht leicht nachzuweisen war im nachhinein. Es brauchte aber manch

einer einen solchen Nachweis in diesen Tagen, wenn er weiterhin ein wichtiges öffentliches Amt, etwas das des Kreisveterinärs, behalten wollte.
Darüber, daß solch ein Nachweis, falls nötig, wahrheitsgemäß erbracht wurde, wachte nun im Muusgau der Captain Fuller von der CIC-Dienststelle an der Schergersheimer Ortskommandantur. Und den kannte der Uhrmacher, das wußte man allgemein, und man mutmaßte seit dem Sommer, daß die Vertrautheit zwischen dem Captain und dem Uhrmacher zurückging auf die Stunde der Befreiung, als die einrückenden Amerikaner die Insassen des Ansbacher Gestapogefängnisses nicht befreit hatten, sondern stattdessen gleich wieder gefangensetzten, wenn auch komfortabler mit C-rations und Lucky-Strikes, und sie wochenlang aushorchten über Grund und Umstände ihrer Haft. Es mochte einen CIC-Beamten ja interessiert haben, warum ein 1943 wegen Fahnenflucht zum Tod Verurteilter nicht ordnungsgemäß hingerichtet, sondern bis Kriegsende in geheimer Haft gehalten worden war. Hier aber rätselten auch die findigsten Muusgauer vergebens. Dies wußte, wenn überhaupt, nur der Uhrmacher selbst und vielleicht der Captain Fuller.
Was aber den Tierarzt betraf, wußte man mehr, und beim Sinnieren an den Schanktischen kam allabendlich mehr dazu. Hatte er nicht da und dort in den Dörfern polnische Zwangsarbeiter mit dem Ochsenziemer zur Räson gebracht, wenn sie sich renitent gegen Bäuerinnen erwiesen hatten, deren Männer im Feld standen? Hatte er nicht bei kulturellen Veranstaltungen des Ortsbauernverbands Lichtbildervorträge über den deutschen Siedlungsraum im Osten gehalten? Hatte er

nicht, da mit einem schönen Bariton begabt, solche Abende zuweilen beschlossen, indem er das Lied »Nach Ostland geht unser Ritt« anstimmte? Und war nicht etwas gewesen mit einer Polin, die dem Veterinärshaushalt als Hilfe zugeteilt worden war, einem jungen, hübschen Ding, das viel geweint haben soll aus oftmals merkwürdig geschwollenen Augen? Alles Dinge, die nicht leicht wogen in den Augen der amerikanischen Besatzungsmacht, deren Präsident es sich in diesem ersten Friedensherbst noch angelegen sein ließ, die sich anbahnende Verstimmung mit dem Osten in Grenzen zu halten.

Aber natürlich konnte man die Dinge auch anders sehen. So mochte der Dr. Küchle diese störrischen Tölpel nur geprügelt haben, um die Bauersfrauen zu besänftigen, die sonst womöglich Meldung bei der Partei und damit indirekt bei der Gestapo gemacht hätten. Die schneidigen Ostland-Abende waren Tarnung, weil mancher örtliche Parteifunktionär den Tierarzt schon scheeläugig ansah wegen seines menschlichen Umgangs mit der östlichen Landarbeiterschaft. Und was die junge Polin betraf, die nun verdankte dem Veterinär gar ihr Leben. Die war beim Eierdiebstahl ertappt worden, was sie geradenwegs ins Konzentrationslager gebracht hätte, wenn nicht Dr. Küchle die Sache vertuscht und die diebische Elster als Dienstmädchen zu sich ins Haus genommen hätte, was freilich nun nicht mehr zu erhärten war durch eine Aussage der Betroffenen, denn die war Ende 1944 wie die meisten Muusgauer Polen von der SS zum Trümmerräumen nach Nürnberg abgeholt worden und hatte entweder die SS oder die US-Airforce nicht überlebt.

So war die Sachlage doppelseitig, und alles hing von der Bewertung ab. Und beim Bewerten war der Captain Fuller auf die Ansichten unverdächtiger Mitbürger angewiesen, und unter den Unverdächtigen im Muusgau stand natürlich Gotthold Brenz an bevorzugter Stelle, denn wie keiner sonst, von der Muusmündung bis in den südlichsten Zipfel des Schergerwalds, hatte er Verfolgung durch die Diktatur am eigenen Leibe erfahren. Es mußte schon seine Richtigkeit für den Captain gehabt haben, wenn der Uhrmacher, der »Dachauer«, mit verfolgter Miene und ausgezehrter Gestalt die Dinge im Falle des Kreisveterinärs Dr. Küchle positiv sah. Und es hatte seinen Sinn auch. Denn so schlachtete der Muusgau des Nachts unangefochten und leuchtete tagsüber unschuldig im milden Licht dieses Friedensherbstes, und die Brimmerner wanderten in den Halberschlag hinaus, schleppten Tafelsilber, Uhren und Familienschmuck hin und trugen Würste und Speckseiten zurück, erst heimlich, dann offen, und im Halberschlag hielt Elfriede gute Ordnung im täglich wachsenden Lager von Wertsachen, Radios und Orientteppichen. Sie war freundlich zu den Leuten, gab sich nicht etwa mildtätig, sondern eher als tüchtige Geschäftsfrau, die aus Lust an ihrer Tätigkeit und dem guten Fortgang der Dinge ab und an noch eine Büchse Blutwurst drauflegt, wo es nicht nötig gewesen wäre. Sogar den Pfarrer Sperrstiel, der eine wie die Elfriede schon seit der Konfirmation nicht mehr hatte kennen wollen auf der Straße, empfing sie mit freundlichem Respekt, obwohl der seine Augen nicht einmal vom Fußboden heben konnte, während er ein Kaffeeservice gab gegen ein Kilo Griebenschmalz. Auf den Tassen

stand in Goldbuchstaben: »Schmecket und sehet, wie freundlich der Herr ist.«
Von der Werkstatt herüber zischte das Schweißgerät. Dort arbeitete der Uhrmacher an seinem alten Traum. Er hatte das Automobil ganz von vorne anfangen müssen nach dem Krieg. Nun schätzte er, im Frühjahr werde es fahren. Die Welt aber schaute nach Nürnberg, wo die Wolken tief hingen in diesem Herbst, wo dreiundzwanzig ältere Männer im Nebeldampf einer blutrünstigen Sage vor den Schranken standen und Mann für Mann sagten: »Nicht schuldig!« Während vom Atlantik bis zur Wolga noch die Massengräber planiert und die Toten gezählt wurden, sagten sie: »Nicht schuldig!« Während die Völker wanderten mit Habe und Haß in Strömen und Gegenströmen, sagten sie: »Nicht schuldig!« Und so wird Gott dem Muusgau wohl verziehen haben, daß er schwarzgeschlachtete Schweine aß zu jener Zeit, weil ein Mann wie Dr. Küchle nach wie vor seines Amtes als Kreisveterinär waltete, da ein Mann wie der Uhrmacher ihm ein gutes Herz in unguter Zeit bescheinigt hatte.
In jenen Monaten, kann man sagen, hatte Elfriede Brenz ihren Seelenfrieden. Sie galt etwas bei den Leuten. Sie mochte sich gar einbilden, sie sei beliebt und werde irgendwann als ihresgleichen geachtet, was auch ein alter Traum von ihr war, wenn auch kein so sehnsüchtiger wie der von der großen Liebe, den sie damals schon meinte begraben zu haben oder vielmehr versenkt in der Muus, die einen Sommer lang ausgesehen hatte wie der Rio Grande. Nun war Winter, und sie stand stundenlang am Küchenfenster mit dem Blick hinüber zum schwarzweißgestrichelten Waldrand und

setzte sich in den Figuren des beschneiten Astwerks einen Sinn zusammen dafür, daß ihre Sehnsucht nach Romantik, nach dem großen Gefühl von früh an ihr alle Aussichten darauf verdorben hatte, daß sich wenigstens ihre geringere Sehnsucht nach dem Bürgerlichen, nach einer bescheidenen Wertschätzung bei den Leuten, erfülle. War es zwangsläufig so in der Welt? Wurde, wer Leib und Seele setzt auf das Wagnis eines Gefühls, nicht nur im Falle des Scheiterns und der Schande verachtet, sondern von Anbeginn an und viel grundsätzlicher: allein schon des Wagnisses wegen, das keine Schranken kennt, wenn es ein Wagnis ist? Wurde allein schon die Maßlosigkeit verachtet, die es braucht, um sich ganz anheimzugeben, unabhängig vom Ausgang? Und war aber Liebe, wenn es Liebe war, ohne die Maßlosigkeit, alles zu wagen, möglich? War sie möglich ohne das Schweben zwischen dem Himmel und dem Abgrund völliger Vernichtung? Und war also das Bürgerliche im Grunde die Verachtung der Liebe? Wenn es so war, hatte Elfriede doppelt verloren, so wie sich ihr Leben ansah im verworrenen Strichmuster des Schwergerwaldrands. Im ersten Winter nach dem Krieg.

Sie war nun fast sechsunddreißig, massig auf schlanken Beinen. Sie war es gewohnt, daß die Männerblicke sie von unten herauf ansahen, langsam von den Waden her unaufhaltsam nach oben, in Gesäßhöhe lange rastend. Elfriedes Hintern, zwar noch Mündung und Auslauf der makellosen Schenkel und doch voll hineinführend in die Formlosigkeit des Rumpfs, der dann optisch natürlich eine Enttäuschung war, erotisch aber wohl eher eine ausschweifende Versprechung, Elfriedes Hin-

tern, der beliebteste Ausflugsort für Männerblicke im ganzen Schergerwald – war das alles gewesen? Ihr schwindelte, wenn sie sich augenblicksweise dazu bringen konnte, ihr Leben von außen zu sehen, so, wie es die Leute im Muusgau stets gesehen haben mußten: die Lager und Liegen, das Gestöhn unter Flieder und Fichten, die Schreie im Elsterwäldchen unter Funkern, Fahrern und Fanfarenbläsern, das nässende Schieben und Klammern und Zerren in Hauseingängen und Hinterhöfen, das Getöse und Gespritze unterm Dach oder tief unten im Luftschutzkeller auf klebrigen Matratzen, und endlich der Schlaf, während immer irgendwo noch irgendein Radio irgendein Lied spielte wie »Drei Zypressen am Meer« oder »Lüg nicht, Baby«, ein Schlampenleben, eine Nuttenbiographie, wenn nicht immer diese Sehnsucht dabeigewesen wäre, von der niemand jemals etwas gemerkt hatte außer Elfriede selbst. Was aber zählte sie dann, diese Sehnsucht? Was war sie wert? War ihre unbemerkbare Seele eine Entlastung für all das, was sich seit zwanzig Jahren nur um ihren höchst bemerkbaren Hintern herum abgespielt hatte?
Sie wollte nun von der Liebe lassen. Sie wollte nun ein Auskommen haben im Halberschlag mit dem Uhrmacher und in Brimmern mit den Leuten, und die Aussichten dazu waren so ungünstig nicht, solange die allgemeine Not jedermann, der zu beißen brauchte, dazu zwang, sich an den Uhrmacher und seine Frau zu halten. Diese Zeit galt es zu nutzen, denn es würde nicht ewig anhalten, daß auch die besseren Leute für die Dauer ihres Besuchs im Halberschlag ihr Besseres hintanstellten für einen höflichen Gruß und drei Worte

übers Wetter. Elfriede beschloß, eine der ihren zu werden, und tat einen ersten sichtbaren Schritt dazu, indem sie sich gegen reichlich Butter und Eier in einem Stuttgarter Spezialgeschäft aus Friedensbeständen ein Korsett erstand wie aus Gußeisen. Sie arbeitete eine halbe Stunde, bis sie drin war, und täglich immer wieder aufs neue war's ein Kampf gegen das Fleisch und eine Qual damit, aber der Spiegel lohnte es ihr allemal: Sie war fast um die Hälfte reduziert, und nur sehr gierigen Blicken mochte ihr Gesäß nun noch besonders auffallen. Sie war ihr Markenzeichen los, ihr Hintern schien nicht mehr den ganzen Muusgau einzuladen, und die Männer an den einschlägigen Biertischen, an denen nach wie vor geizig geschenkt wurde, machten sorgenvolle Gesichter und tuschelten sich expertenhafte Theorien darüber zu, daß des Uhrmachers angestammte Auszehrung nun auf geheimnisvolle Weise auch seine Frau ergriffen habe, und bei ihr fange es eben am Hintern an, was eigentlich schade sei.
Nur der Uhrmacher schien von alledem nichts zu bemerken. Obwohl er nun mit einem alten, aber stabilen Daimler motorisiert war, widmete er jede freie Stunde dem Traumautomobil im Schuppen. Eine Gemeinschaft des Leibes pflegte er ohnehin kaum mehr mit Elfriede, bei den seltenen Versuchen zur Leidenschaft habe sie ihm mit ihrer Masse jedesmal die Leiste ausgerenkt, behauptete er. Sie ahnte nicht, in welchen Dörfern er des Nachts seine Lust ließ, und es war ihr auch gleichgültig. Geliebt hatte sie ihn wohl nie, nicht in dem Sinne, in dem sie tragischerweise Liebe verstanden hatte und wovon sie ohnehin lebenslänglich zu lassen entschlossen war. Es gab die milderen Freuden einer

gewissen Herzlichkeit beim Warentausch mit Bürgersgattinnen, die vormals die Straßenseite gewechselt hatten, um auch nicht im Vorbeigehen die Luft mit ihr teilen zu müssen. Nun teilten sie sogar ihre Konversation mit ihr. Und die Frau des Hauptschullehrers Gurker brachte ihr einmal Blumen mit. Ein anderes Mal – sie hatte eine echte Schwarzwälder Kuckucksuhr gebracht, für die der Uhrmacher bei den Amis mindestens zehn Stangen Zigaretten eintauschen würde – blieb sie länger, als der Warentausch es erforderte, ließ sich von Elfriede den frisch angelegten Garten zeigen und auch das Kinderzimmer, welches der Uhrmacher der dicken Zarah geschreinert hatte den Winter über, ganz in Weiß und Blau, lobte die rosafarbene Bettwäsche und die Vorhänge, die auch in Rosa waren. Und als sie ein weiteres Mal kam, brachte sie nichts mit zum Tauschen, sondern nur ihre innig keimende Freundschaft und eine Einladung zu ihrem Geburtstagskaffee, woran auch neben anderen Damen die Gattin des Schulrats Lebesacht teilnehmen würde. Elfriede hatte Tränen in den Augen und heulte, als die Lehrersfrau weg war, eine volle Stunde vor Freude und Dankbarkeit, denn nun war klar, daß ihr die Türen offenstanden zu einem neuen Leben: Elfriede Brenz, geborene Roll, Häuslerstochter, Korbflechterskind aus der Brimmerner Unterstadt, die im Volksmund nur »Klein-Chikago« hieß, der Vater in der Trinkerheilanstalt gestorben, die Mutter an der Geburt eines toten Kindes, dessen Vater ein Artist und Feuerschlucker vom Jahrmarkt gewesen sein soll, Elfriede Brenz, zu Wohlstand gekommen durch dunkle Geschäfte, war auf dem Weg zum Anstand in hellen Stuben. Sie fühlte sich reinlich und

leicht und aufgehoben wie zuletzt als Volksschulkind, wenn sie von den Kindern der Reichen mitgenommen wurde und mit hinein gedurft hatte, wenigstens in die Gärten, zu Streuselkuchen und Krokett.
War dies nicht eine ältere, tiefere Sehnsucht gewesen in ihr als die Liebe? Dies: dazuzugehören im Hellen und Behaglichen, ein Wohnrecht zu haben dort, wo Märchenbücher waren, Klavieretüden und Silberbesteck sogar für Kinder. Elfriede wollte es nun scheinen, als habe sie diese Sehnsucht damals nur aus Trotz und Vergeblichkeit begraben irgendwann nach acht Volksschuljahren, in denen sie gelernt hatte, daß es Kinder gab, die für ein Vergehen nur einen Verweis oder eine Tatze bekamen, sie aber für dasselbe Delikt jedesmal mit dem Rohr auf die gespannten Unterhosen, über die Bank gelegt unter dem Gelächter der ganzen Klasse. Irgendwann mußte sie die Hoffnung aufgegeben haben, jemals ein Recht zu besitzen unter den Geschonten und also den Besseren. Und so mußte ganz von selbst an die Stelle jener Hoffnung die andere getreten sein, der früheren nicht unverwandt: Wenn eine Heimstatt für sie nicht zu gewinnen war in der Welt, so wollte sie doch wenigstens sich ansiedeln in einer Menschenseele, die ihr gehören sollte ganz und gar. Dafür schien sie früh ausgestattet am Leib und gut gerüstet im Herzen, und was sie anfing oder worauf sie sich einließ, immer wieder, hatte für sie im Herzen nicht geringer gegolten als am Leib, es war immer das eine im andern gewesen, und es hatte niemals eins das erste oder das letzte Wort vor dem andern gehabt in ihr. Was sie aber nie begriffen hatte, war, daß ihr von allem Anfang an der eigene Leib aufs ungünstigste im Wege gestanden hatte, so im

Vordergrund für die Augen der Männer, ein solcher Berg von Weib, so hingestellt zum Besteigen, daß keiner je das stille, schöne Tal dahinter erblickte, aus dem ihre Seele rief.

Frieden, so viel war ihr anhaltend klargeworden, blieb ihr nun nur noch zu erhoffen in dem Frieden, den die Feigheit stiftet: im Bürgerlichen also, das ja ganz lebt und sich erhält aus der Vermeidung jeglicher Übertreibung und daher, weil Liebe die Übertreibung schlechthin ist, die Liebe nicht kennt. Also auch nicht das Leid. Elfriede übte sich in Feigheit und machte daher Fortschritte im Bürgerlichen, wobei die Damen Gurker und Lebesacht ihre Lehrmeisterinnen waren. Die hatten sich, wie viele Bürgersgattinnen zu jener Zeit, aufs Kirchliche zurückbesonnen in dem Maße, in dem ihre Männer sich während der germanisch-kirchenfeindlichen Zeit davon entfernt hatten, und die Pädagogen Gurker und Lebesacht hatten sich recht weit entfernt, so daß also ihre Frauen nun geradezu einen anderen Gang angenommen hatten vor Demut und Innerlichkeit. Sie hatten sich einem Frauenkreis um Pfarrer Sperrstiel angeschlossen und unterließen bald keine Geste, um Elfriede zu zeigen, daß auch sie in diesem Zirkel freundlich zerknirschter Besinnung willkommen war.

Es war eine Zeit der heiteren Verzeihung nach allen Seiten, und was man Elfriede zu verzeihen hatte, wurde nicht gesagt, war allenfalls zu lesen in fast verträumten Seitenblicken, die sie manchmal auf sich und ihrer korsettgebändigten Üppigkeit ruhen fühlte. Und was der Pfarrer Sperrstiel dachte, wußte man nicht, und ob der speziell Elfriede meinte, wenn er in Predigten und

Bibelstunden von dem einen Sünder sprach, über dessen Reue im Himmel mehr Freude sei als über tausend Gerechte, wußte man auch nicht, dachte sich aber seinen Teil. Auch Elfriede. Sie dachte, da nun all dies hinter ihr lag, fast mit einer gewissen Rührung an ihre Zeiten der Verwirrung und des Fleisches, so wie einer, der zuverlässig von langer Krankheit genesen ist, ohne Bitterkeit zurückdenken mag an seine Leidenszeit im sicheren Gefühl ihrer Überwindung. Sie fühlte sich aufgenommen und sogar in gewissem Sinne respektiert, ja geschätzt als eine Person, an der man Sanftmut, Nachsicht, Nächstenliebe täglich üben und beweisen konnte. »Denn was ihr tut dem Geringsten unter euch, das tut ihr mir.« Es war ihr dunkel klar, daß man sie als diese Geringste gut brauchen konnte, und sie war es zufrieden; sie hatte ihren Platz und ihre Geltung. Elfriede Magdalena. Immer wieder fiel ihr ein, wie sie als Kind nur bis in die Gärten der Reichen mitgedurft hatte und dann noch lange draußen gestanden hatte in der hereinbrechenden Nacht, nachdem die Kinder des Hauses längst hineingerufen worden waren. Nun aber, so spät, hatte sie doch noch mit hineingehen dürfen an den Tisch, wenn sie sich auch damit begnügen mußte, ganz am untersten Ende der Tafel zu sitzen. Kaffee und Kuchen darauf stammten natürlich aus ihren Beständen, ohne daß sie für den regelmäßig im Pfarrhaus angelieferten Maxwell, für Butter, Eier, Zucker und Mehl nun noch ein Ringlein oder eine Brosche genommen hätte.

Der Uhrmacher aber schwieg und zeigte ein versonnenes Lächeln im Schuppen hinter oder unter oder über seinem Automobil, wenn Elfriede ihm davon erzählte

und sich darin sonnte, daß die Pfarrersfrau ihr in letzter Zeit mehrfach von dem munteren Geist und der musikalischen Erbauung in den abendlichen Kirchenchorproben erzählt hatte. Dies war eine Verheißung, denn damals bedeutete die Zugehörigkeit zum Kirchenchor nicht nur die Mitwirkung an zwei Kantaten und ein paar Bachchorälen im Jahr. Es war vielmehr der Nachweis einer Teilhaberschaft an höherer Gesittung und Kultur allgemein. In dieser Zeit zwischen den Zeiten, dieser stillen Rast zwischen dem abgezogenen Kriegsunwetter und dem späteren Treibhausregen neuen Wohlstands hatte sich nämlich im ganzen Land eine kurze Zwischenherrschaft des Kulturellen als eine Tugend aus der Not ergeben, denn wenn Milch und Honig nicht fließen, tut dies eventuell der Geist. Und weil aber in ländlichen Gegenden wie dem Muusgau das Kulturelle, wenn überhaupt, von alters her stets im milden Schatten von Kirchen und Pfarrhäusern gediehen war, weil Geist sich hier immer nur als Geistliches etwas zutraute, Theater als Krippenspiel, Musik als Jubilate, weil all dies so war, herrschte zu jener Zeit im Brimmerner Kirchenchor ein Gedränge, daß der Mesner zu jeder Probe neue Stühle in den Gemeindesaal schleppen mußte.
Wer drin war, befand sich im Stand der Gnade und zeigte sich alsbald erbarmungslos gegen jeden Neuen, der hinein wollte. Wer drin war, hatte wie von selbst die öffentliche Bescheinigung in der Hand, einem besseren Menschentum anzugehören, und dies galt natürlich auch rückwirkend: Er konnte auch vormals kein schlechter Mensch gewesen sein, man hätte ihn sonst des Zutritts nicht für würdig erachtet. Und so war es

unausbleiblich, daß sich der Chor in dieser ersten Zeit nach dem Krieg eines Zulaufs vor allem an älteren Männerstimmen erfreute. Im ehedem spärlich besetzten Baß und Tenor jubilierten nun auch Bürger, die zwölf Jahre lang sängerisch jedenfalls zu Gottes Lob nicht in Erscheinung getreten waren.
Indem sie nun vom Erlöser sangen, hatten sie sich ihre eigene Erlösung schon selbst verschafft. Arg konnte nicht an ihnen gewesen sein, auch nicht in den Dingen, die sich nun, nach verlorenem Krieg, natürlich unvorteilhaft deuten ließen. Daß zum Beispiel der Kaufmann und Parteigenosse Hirzel um Weihnachten achtunddreißig dem verschüchterten Weinhändler Tannenbaum Geschäft und Haus für nicht viel mehr als ein paar Schmalzbrote abgekauft hatte, sah nachträglich unschöner aus, als es vielleicht gemeint gewesen war. Immerhin bewies der Mann durch seinen kirchenmusikalischen Eifer jetzt, daß er im Herzen doch eigentlich ein christlich denkender Mensch geblieben war.
Elfriede sah ihn singen, im Stand der Gnade auch er, und als ihr nun immer ermutigendere Hinweise zuteil wurden, auch ihr stehe der alles versöhnende Beitritt frei, war sie voller Zuversicht, daß sogar ihr Vorleben, wiewohl so viel augenscheinlicher despektierlich als das der soliden Kaufleute, Handwerker und Beamten, in einem milderen Licht erscheinen würde durch die rückwirkende Reinigungskraft, welche die Mitgliedschaft im Chor spendete. »Und wer zahlt die Eintrittskarte?« fragte der Uhrmacher nachdenklich und schien es schon zu wissen.
Nämlich die Pädagogen Lebesacht und Gurker sangen nicht mit im Chor. Sie saßen seit Monaten im Ludwigs-

burger Lager zur politischen Umerziehung. Lebesacht war Kreispropagandaredner der Partei gewesen, Opfer eines rhetorischen Talents, das er nicht lange nach der Machtergreifung an sich entdeckt hatte. Und die Lust an seiner Rednergabe hatte den Mann verschiedentlich in Kundgebungen und Feierstunden zu Äußerungen hingerissen, die er, wie seine Frau nun leidenschaftlich versicherte, nicht beabsichtigt hatte und auch bei nüchterner Besinnung niemals getan hätte. Und niemals hatte er es wörtlich gemeint, wenn er in Falsettlage die Vernichtung des Weltjudentums mit Feuer und Schwert gefordert hatte, sondern nur weltanschaulich. Freilich, daß er bei solcher Gelegenheit auch einmal proklamiert hatte, nach dem Endsieg müsse man auch den anderen Weltfeind, das Pfaffengeschmeiß beider christlicher Kirchen, unbarmherzig vertilgen, hatte die vorwiegend evangelische Christenheit Brimmerns arg erschreckt. Und Pfarrer Sperrstiel, ein national gesinnter Mann und Weltkriegsoffizier, hatte einen mutigen Protestbrief an den Kreisleiter geschrieben, den dieser zwar nicht beantwortet, aber doch auch nicht an die zuständige Gestapoleitstelle in Heilbronn weitergeleitet hatte. In der traditionell mißlichen Lage seiner Kirche zwischen Staats- und Glaubenstreue hatte sich Sperrstiel nicht schlecht gehalten gegen das völkisch-kirchenfeindlich berauschte Germanentum des Volksschulrektors Lebesacht, und nur Frau Sperrstiel mochte in Stunden der Anfechtung erahnt haben, wie sauer ihrem Gatten es zuweilen war, daß seine Religion ihn dazu zwang, in Christus – das ließ sich nun nicht wegdividieren – immerhin an einen Juden zu glauben. Aber da dies auch der U-Boot-Kapitän Niemöller tat, ungleich härter bedrängt, wollte Sperrstiel sich nicht lumpen lassen und führte sein zunehmend verschrecktes Häuflein mutig und nicht ohne Geschick durch die Brimmerner Jahre der Drohungen und Beschimpfungen. Und kurz nachdem die Brimmerner Parteileitung – das amerikanische Artilleriefeuer war schon zu hören – sich abgesetzt hatte mit der Versicherung, man werde die geliebte Heimaterde ein Stück weiter südöstlich verteidigen, war der Rektor Lebesacht im Pfarrhaus erschienen und hatte Sperrstiel anvertraut, wie es in Wahrheit innen drin in ihm ausgesehen hatte all die Jahre, und was die beiden Männer unter vier Augen zwei Stunden lang gesprochen hatten im Amtszimmer, hatte niemand je erfahren. Es muß aber Versöhnliches gewesen sein, denn von Stund an sang Frau Lebesacht mit im Kirchenchor und war dort die Vorbotin ihres Gatten, der nach einer schicklich bemessenen Zeit der inneren Besinnung folgen und seinen Platz haben sollte im Choraleinklang mit den vormals von ihm Bedrängten. Nur war er von den Amerikanern vorher verhaftet worden.

Und mit ihm der Hauptschullehrer Gurker, der nur aus Kollegialität und Dienstfertigkeit seinem Rektor die Reden zuweilen aufgesetzt hatte, wenn dieser im Taumel seiner rhetorischen Leidenschaft schon am Vorabend seiner Auftritte ein wenig zu tief ins Glas geschaut hatte. Auch ihn hätte man sanftmütig in den Chor der hastigen Versöhnung aufgenommen, denn auch er war zur Besinnung gekommen, nur drei Tage nach der bedingungslosen Kapitulation der deutschen Wehrmacht. Doch nun saßen beide, Rektor und Stellvertreter, im Ludwigsburger Lager, was ungerecht war, und allein Captain Fuller, der CIC-Mann in Schergersheim, war in der Lage, dies Unrecht wenigstens zu mildern, weil ja alles, was zurücklag im Dunkel der Unzeit, die schon unwirklich war und fast wie nicht gewesen, eine Frage der Bewertung war, des Lichts, das man in günstiger und ungünstiger Weise hineinfallen lassen konnte. Und daß Captain Fuller ein Mann war, der sich auf ein günstiges Licht verstand, hatte man ja im Falle des Kreisveterinärs gesehen, wo er sich vom Uhrmacher, vom »Dachauer«, hatte zum Guten beraten lassen. Und der Uhrmacher wiederum würde sich doch sicher von seiner Frau beraten lassen. Und dies, so lag zutage, ohne daß es jemand hätte aussprechen müssen, war die Eintrittskarte in den Kirchenchor, der überlaufen war zu jener Zeit wie niemals vorher seit seinem Bestehen.

Der Uhrmacher bezahlte nicht. Nach einer stürmischen Märznacht, die einen verheerenden Windbruch brachte im Schergerwald – es war ein Krachen und Tosen in der Luft wie von einer Schlacht –, kehrte er von den Dörfern oder sonstwoher zurück und sagte: »Ich putz' ihnen nicht ihren dreckigen Arsch, und das braucht's auch nicht, denn bald kannst du auf sie scheißen und ihren heiligen Chor dazu.« Und in den Nächten danach hörte Elfriede im Halbschlaf ein nicht endendes Rollen und Brummen und Fahren, was nicht vom Frühlingssturm kam, sondern von schweren Dreiachsern und ihrer Last. Etwas wurde geholt, und etwas wurde gebracht, und endlich war das Warenlager geräumt und das Lebensmittellager auch, bis auf den eigenen Bedarf, und es standen in allen Schuppen, Abstellräumen und sogar im Keller olivgrüne Benzinkanister, die ein

Vermögen wert waren, und der Uhrmacher sagte: »Das ist erst der Anfang« und trug von da ab an manchen Tagen einen karierten Anzug aus teurem Stoff und Wildlederschuhe, was die Brimmerner ganz gegen ihre Gewohnheit nicht veranlaßte, ihm einen neuen Spitznamen zu geben, denn er war nun in größeren Geschäften und galt etwas und war sich für die Schwarzschlachtungen und den Handel mit Eßwaren schon zu gut. Man mußte ihn bitten, und er sagte nur: »Wenn es sich einrichten läßt.«
Der Speiseplan vieler Brimmerner Familien erfuhr Einschränkungen, während die Lagerräume im Halberschlag nun in einem wöchentlichen Rhythmus einmal voller Benzinkanister standen und einmal voller Schnapsflaschen standen. Elfriede sah nie, wer die Ladungen anfuhr und abholte, denn es geschah immer tief in der Nacht, und als sie an einem Morgen dem Uhrmacher erzählte, sie habe vom Fenster aus im Schein der Hoflampe vier fremde Männer gesehen und auch den Captain Fuller, sagte der Uhrmacher: »Du hast geträumt.« Er sagte es ernst, fast drohend, und sah sie nicht dabei an. Aber am Nachmittag fuhr er mit ihr nach Crailsheim, wo in einer Barackenstadt unter dem Sternenbanner ein riesiger Laden war, in dem natürlich nur Amerikaner kaufen durften. Der Uhrmacher zeigte schweigend ein Schriftstück vor, woraufhin ein dunkler, duftender Mastersergeant sie in das Bekleidungslager mitnahm. Und dieses verließ Elfriede als Lady – man würde sie vielleicht nicht gerade für eine New Yorkerin halten, dafür war sie zu üppig, aber Dallas, von dem ihr der schöne Cowboy erzählt hatte, mochte sie sich zutrauen, und die Nylons an ihren

makellosen Beinen veranlaßten den duftenden Neger zum größten Kompliment, das Amerikaner für Eleganz und Frauencharme zu vergeben haben: »Absolutely continental!«
In Brimmern traute sie sich nicht, mit den neuen Sachen Staat zu machen. Es hätte dem weltabgewandt-bescheidenen Demutsstil ihrer Freundinnen herb ins Gesicht geschlagen, deren Herzlichkeit um einen Schatten kühler geworden war, nun, da es auf den Sommer ging und offensichtlich der Uhrmacher sich noch nicht oder ohne Erfolg für die gefangenen Pädagogen Lebesacht und Gurker verwendet hatte. Elfriede hatte aber die bürgerliche Lektion gut gelernt und bekannte nicht offen, daß ihr Mann das Ansinnen rundweg von sich gewiesen hatte. Sie hielt den Damen die Möglichkeit, es werde sich auf längere Sicht doch noch alles zum Guten wenden lassen, ebenso wurstzipfelartig hin, wie diese immer wieder mit dem Kirchenchor lockten. So ging der Sommer vorüber, und Elfriede stand, was ihre gesellschaftliche Reputation betraf, noch immer mit einem Bein in ihrem sündigen Vorleben und mit dem anderen auf der Schwelle zum Probenraum des Kirchenchors, wo all dies vergeben und vergessen sein würde. In diesem Spagat zwischen Verrufenheit und Ehrbarkeit verharrte sie bis in den Herbst hinein. Und als mit den kühleren Tagen ihr diese Haltung unbequem zu werden begann, befreite sie die Nachricht, daß Captain Fuller nach Japan versetzt worden sei. Als diese herum war, schlossen sich die bürgerlichen Türen allmählich, und die Proben für die Weihnachtskantate begannen ohne Elfriede. Die Lehrersgattinnen grüßten nur noch knapp, die Pfarrersfrau mit abwesender

Freundlichkeit. Das Korsett trug sie noch bis zum Jahresende. Am Silvesternachmittag auf einem Bummel im ungewissen Licht des Winterwalds blieb sie mit einem Ruck stehen wie aus einem tiefen Schlummer erwachend, der sie schlafwandelnd in den Wald getragen hatte. Obwohl Stimmen von brennholzsammelnden Kindern nicht weit waren, zog sie sich mit wütenden Griffen aus und riß sich das Korsett vom Leibe. Mit lautem Gelächter schleuderte sie es in die starren Verrenkungen einer Brombeerhecke. Von der Brimmerner Kirche herüber drang das Geläut zum Silvesterfrühgottesdienst.
Sie war nun nirgends. Des Uhrmachers Geschäfte schienen durch die Versetzung Captain Fullers nicht nachhaltig beeinträchtigt. Es ging nun auch nicht mehr um Benzinkanister, die, irgendwo abgezweigt, im Halberschlag gelagert und dann anderweitig abgeholt wurden. Der Tausch von gestohlenem Benzin gegen schwarzgebrannten Schnaps war des Uhrmachers letztes Geschäft in der niederen Region des Warentauschhandels. Er faßte nun nichts mehr selber an, außer in den spärlichen freien Stunden die längst ins Unübersehbare angesammelten Einzelteile für sein Automobil. Meist war er im Raum Stuttgart oder Heilbronn tätig, in karierten Anzügen und Nylonhemden. Er besaß Dollars und gab sie her für das Zwanzigfache an Reichsmark. Er war schweigsam und tüchtig und nicht unfreundlich zu Elfriede, von der er manchmal ahnte, daß sie litt, was ihn ungefährlich verletzte. Denn sie hatte keinen Grund. Er konnte ihr mehr bieten, als sich jede andere Frau im Muusgau damals erträumte. Die dicke Zarah war ein dumpfes, aber gutherziges Kind.

Den Halberschlag hatte er vollständig renoviert und mit Möbeln eingerichtet, die aus den Vorkriegsbeständen einer Stuttgarter Firma stammten. Was wollte sie? Hatte sie nicht dankbar zu sein? Was wäre unter anderen Umständen aus ihr geworden? Hätte sie ewig ein Leben zwischen den Ritzen ihrer wechselnden und stets unglücklichen Liebschaften führen wollen? Und war das Leben nicht voller Wunder?

Eins davon war in der Tat, daß der fahnenflüchtige Gefreite Brenz in den Verhören vor seinem Prozeß damals einem ehrgeizigen jungen Gestapobeamten in die Hände gefallen war, der davon geträumt hatte, das Gras wachsen hören zu können. Manche Äußerungen des Häftlings, seine vorgesetzten Offiziere betreffend, paßten in den Verdacht einer Stimmung, einer Verschwörung in der Wehrmacht. Und der Gefreite war immerhin Bursche eines Majors gewesen, eines Regimentskommandeurs und populären Offiziers. Und der Gefreite war nicht dumm, sondern merkte rasch, was der Vernehmungsspezialist hören wollte, und ließ sich unter Drohungen und Vergünstigungen weitere Andeutungen entlocken, die sich sofort in einem Labyrinth von Details verzweigten und schwer zu überprüfen waren. Der Mann war für den Beamten eine Fundgrube, die man sich nicht durch das Todesurteil eines Wehrmachtsgerichts zuschütten lassen durfte. Weil aber das Kriegsgericht auf Abschluß des Verfahrens drängte, ließ man den Gefreiten aburteilen, was bekannt wurde, entzog ihn aber der Hinrichtung durch eine geheime Kommandosache und behielt ihn zur weiteren Vernehmung ein, was nicht bekannt wurde. Von da an verschaffte der Uhrmacher dem Beamten erst täglich, dann wöchentlich die Gelegenheit, das Gras wachsen zu hören. Und er ließ es so geschickt wachsen, daß der Beamte gegen Ende vierundvierzig, nachdem sich im gescheiterten Putsch vieles bestätigt hatte, ganze Ketten von Verdachtsmomenten gegen bis dato unbelastete Offiziere im Kopf hatte, aber nichts in den Händen. Und Ende vierundvierzig begann der Beamte anderweitig nachdenklich zu werden und kam zu dem Ergebnis, daß es sich irgendwann bezahlt machen könnte, einen Deserteur vor dem sicheren Tod bewahrt zu haben. Und so behielt er ihn ein, obwohl er sein Spiel durchschaut hatte.

So viel Glück, so viel Geschick, so viel zugedrückte Augen in einer Zeit, die mit der großen Sense mäht – Elfriede war einen Augenblick gerührt, als der Uhrmacher ihr all dies erzählte, und kam sich doch eine Stunde später in ihrem Bett undankbar, aber ehrlich vor, als sie sich sagte, daß es für sie nicht ein solches Unglück gewesen wäre, unter die große Sense gekommen zu sein. Sie lebte nicht mehr gern, sie wußte auch nicht, ob sie jemals gern gelebt hatte. Sie war nirgends. Und war auch wohl irgendwo anders als nirgends niemals gewesen.

Nicht lange nach ihrem vierzigsten Geburtstag, im sommerlich heißen Mai, gelang ihr erstmals der Trick: Sie konnte, wenn ihr die Seele zu schwer wurde, sie sacht neben sich legen wie ein unruhig schlafendes Kind, das man aus dem zu heißen Bettchen nimmt und eine Weile auf den Knien wiegt, damit es freier atmen kann.

Neben ihr lag zwar auch der Uhrmacher, aber der merkte nichts, weil ja auch eine frei liegende Seele so gut

wie keine Gegenständlichkeit besitzt. Es war am Ufer des Hummelsees, und um sie tosten und planschten die Badenden, die der Weiher kaum faßte. Das im letzten Frühjahr begonnene neue Freibad, für diesen Sommer versprochen, war noch nicht in Betrieb, die Brimmerner aber schon erwartungsvoll versorgt mit den neumodischen bunten Badesachen, die sie zeigen wollten, und da die Muus noch zu kalt war und die Zeit noch nicht im Land, in der sich plötzlich jeder zwei Wochen Adria oder wenigstens die Kärntner Seen leisten konnte, tobten sie um den Hummelsee mit Krach und Gedränge wie nie zuvor.
Als Badepaar waren sie grotesk, der zuverlässig weiter abmagernde Uhrmacher und sie. Im Wasser genoß sie ihren Umfang, der sie zu einer Art unsinkbarem Schwimmtier machte, beim Sonnen aber, mochte sie sich nun auf den Rücken legen oder auf den Bauch, wurde sie zum Gebirgsmassiv, das alle andere hingelagerte Weiblichkeit zu Vorbergen oder Ausläufern degradierte. Sie spürte wohl die Blicke der auffällig in der Nähe lungernden Halbwüchsigen, sie hörte den leisen Meinungsaustausch darüber, wie es der »Dachauer«, ein Däumling vor dem Himalaja, wohl anstelle bei ihrer Besteigung, mit Seil und Kletterhaken doch wohl, und dennoch stets in Gefahr, in Klüfte und Spalten zu stürzen. Sie nahm alles wahr wie sonst auch, und es focht sie nicht an, denn ihre Seele lag frei und wohlig und gewichtslos neben ihr und war nicht betroffen. Frei und sehnsuchtslos. Ein warmer Maitag, der gegen Abend Regen bringen mochte. Sonst nichts. Wenn dies öfter gelänge, wäre gut leben, im Halberschlag am Waldrand, der die Jahreszeiten in ihr Küchenfenster

stellte wie zur Ansicht und Auswahl. Das Kind Zarah war nun acht und musikalisch und sah dümmer aus, als es war. Der Uhrmacher mußte einen Teil seines dunkel erworbenen Vermögens über die Geldreform gerettet und günstig investiert haben. Sie hatten zu leben, und er arbeitete nach Laune und Bedarf auf den Höfen als ein zuverlässiger Gelegenheitsarbeiter. Die karierten Anzüge trug er nicht mehr. Sein Automobil fuhr immer noch nicht und würde ihm auch in Zukunft nicht den Schmerz antun, seiner Konstruktionskünste nicht mehr zu bedürfen, indem es einfach eines Tages fuhr. Elfriede war vierzig und aus keinem Grund erstmals zufrieden in ihrem Leben.

Ein Jahr später aber, auf den Tag genau, zwischen dem weiß und dem lila blühenden Fliederbusch im Biergarten zu Schergersheim, galt all das nicht mehr, oder es konnte nur noch gelten als das bewußtlose, scheintote Rasten der Elfriede Brenz, Seele und Leib, auf diesen Augenblick zu, in dem sie drinnen »Blutrote Rosen« spielten und sich Elfriede hier draußen unter tropfenden Kastanien, nasse Zweige an Rücken und Hintern, geliebt fühlte, ganz und gar. Und wußte: Wenn es gelänge, dies festzuhalten ein für allemal, so würde die Lächerlichkeit und Nichtigkeit ihres bisherigen Lebens gerechtfertigt sein als ein nimmermüdes Wandern durch ein dunkles Tal voller Demütigungen und Schläge hindurch auf ein Ziel zu. Es stünde alles als eine runde Summe da, die gezahlt worden war für einen Sinn.
Später aber in dieser Nacht, im abgedunkelten Bauwagen hinterm Gartenzaun, sagte der Polier traurig: »Sie

ziehen mich ab nächste Woche, ich muß nach Fulda.«
Und noch später sagte er: »Es ist aus, Elfriede. Es muß einmal aus sein, weil – du hast hier Mann und Kind und Haus, und ich bau' Geflügelfarmen im Land auf und ab und war schon dreimal verlobt, und es führt zu nix und . . .« Weiter kam Max Hörholz nicht, weil Elfriede mit ihrem ganzen Gewicht ihn noch einmal unter sich begrub, was er lieber hatte als anders herum, weil er mehr von ihr sah beim Schein der Petroleumlampe, und dies hatte sie von Anfang an glühend für ihn eingenommen, denn er war der erste, der ihre Körpermasse nicht nur gerne befühlte und bestürmte, er sah sie auch gern an und bekannte sich dazu und versuchte nicht, sie sich schlanker zu lügen oder zu saufen, sondern hielt sie auf ihre Art für schön. Auf ihre Art schön für seine Art. Und es würde, wenn er ging, keiner von dieser Art mehr kommen. Und das durfte nicht sein. Und das sagte sie ihm.
Und als er wieder atmen konnte, sagte er: »Was soll ich machen? Soll ich die Hühnerfarm anzünden, damit wir wieder dran zu bauen haben ein Jahr?«
Am nächsten Dienstag, früh morgens gegen halb drei, brannte die Farm, und es war ein solches Feuer, daß die Wehren, die aus dem ganzen unteren Muusgau herbeigestürmt kamen, Mühe hatten, das Übergreifen auf den Halberschlag einerseits, den Waldrand andererseits zu verhindern, von Löschen konnte gar keine Rede sein. Der Uhrmacher, der noch spät in seiner Werkstatt am Automobil gewerkt hatte, war eben auf dem Weg ins Haus gewesen und hatte es als erster gesehen. Er gab Alarm, riß die Bauarbeiter und ihren Polier aus dem Schlaf und formierte sie zu einer Wassereimerkette

gegen den Waldrand, denn der Wind stand anfangs so, daß man ein Übergreifen auf den Schergerwald mit unabsehbaren Folgen als erstes zu gewärtigen hatte. Diese Front hielt der schmächtige Mann mit herrischen und kühnen Befehlen bis zum Eintreffen der ersten Feuerwehr, deren Männer er aber auch umgehend seiner Formation einreihte. Sie wußten nicht, wie ihnen geschah und woher dem Uhrmacher ein solches Führertum zugewachsen war, und es war in Brimmern noch tagelang das Gespräch darüber und wurde in der Zeitung erwähnt als ein Vorfall, der zeige, wie ein beherzter Mann in Fällen von dramatischer Notlage über sich hinauszuwachsen in der Lage sei. Brenz trug den Ausschnitt in aller Zukunft mit sich im Portemonnaie herum. Und es war ein Gerede an den einschlägigen Biertischen, daß den »Dachauer« ein spätes Nachholbedürfnis an Heldentum ergriffen habe dafür, daß er die Schlacht um Stalingrad durch Fahnenflucht versäumt habe.

Es war ein schöner Brand in der dunklen Neumondnacht. Und Elfriede erschien es im nachhinein, als ob es eine unheimliche Nacht von Anfang an gewesen sei. Die Hunde hatten unruhig gebellt vom Elsternwinkel her, und im Schergerwald riefen die Käuzchen. Des Uhrmachers Hämmern und Pochen aus der Werkstatt war laut in der Stille, und das Mitternachtsschlagen des Brimmerner Turms schien schon irgendwie schicksalhaft. Oder reimte sie sich das von hinten her zusammen? Jedenfalls wußte sie, daß sie den ganzen Abend, still im Bett bei offenem Fenster liegend, die freier atmende Seele neben ihrem schweren, feuchten Körper, an das Feuer gedacht hatte. Es möge die Hühnerfarm

abbrennen bis auf den Grund. Sie fand keinen Schlaf, sie sah den Brand, die Flammen, hörte ihr Lodern, hörte das Krachen der Balken, schlummerte ein und schreckte wieder auf in der Stille und fand sich sekundenlang, bevor die Gedanken an den Brand wieder einsetzten, in einer vollkommenen Leere, wußte nicht, wo sie war und wie ihr war, als sei sie ausgesetzt worden im grenzenlosen dunklen Raum ohne Anfang und Ende, und wußte dann um so genauer, daß dies ihr Gefühl von sich und der Welt sein würde auf ewig und Tag für Tag, wenn der Polier ihr abhanden käme.
So schlich die Nacht unter dem geduldigen Hämmern aus der Werkstatt gegen den Morgen, während der Schergerwald rauschte und die Muus floß und spärliche Verbindung mit den Weltmeeren unterhielt, während überm Muusgau Sternschnuppen als Signale erschienen, die ihn nicht betrafen, während unaufhörlich in Nebeln und Gasen der Kosmos sich weitergebar und unfaßlicherweise sich ungeachtet seiner universalen Dimensionen sogar noch als das Leben und Lieben der Elfriede Brenz auszudrücken in der Lage war.
Als die Brimmerner Feuersirene ging, wußte Elfriede sofort, daß es die Hühnerfarm war, die brannte. Und sie hatte es getan. Das war ihr auch sofort klar. Es entsprach ihrer maßlosen, phantastischen und ganz und gar richtigen Meinung, die Welt sei, wenn überhaupt, nur durch Liebe zu retten, und sei es nur durch die ihre zu einem Polier namens Max Hörholz. Und wenn das stimmte, dann war es auch möglich, daß ein dieser Liebe entspringender Wunsch Gestalt annahm in Funken und Flammen.
Der Gedanke, daß es auch Max gewesen sein könnte,

kam ihr erst, als sie am Fenster die Befehlsübernahme durch den Uhrmacher beobachtete. Der schien körperlich zuzunehmen unter der Last der angemaßten Verantwortung. Er setzte sich an die Spitze, leitete, überwachte, verlieh der Verwirrung das Heroische und trat nebenbei diszipliniert nach den hysterischen Hunden, die mit den Neugierigen aus Brimmern gekommen waren und offensichtlich den Uhrmacher ob seiner pathetischen Feldherrngesten für den Urheber der Katastrophe hielten. Erst dem eintreffenden Oberbrandmeister aus Schergersheim übergab er seine Truppe samt dem von ihm entmachteten Kommandanten des ersten Löschzugs. Und während all dem suchte Elfriede, herausgeeilt mit dem Mantel über dem Nachthemd, des Poliers Blick, fand ihn jedoch nicht. Max sah nicht ein einziges Mal herüber zu ihr, wie sie sich in dem rasch wechselnden Muster aus schwarzen Figuren vor hellrot zuckendem Hintergrund auch bewegen mochte. Es war beides gleich schwer zu glauben: daß ein Feuer aus Zufall entstanden sein sollte zwei Nächte, nachdem der Polier in einer Mischung aus Verzweiflung und Spaß davon gesprochen hatte. Und daß Max den Brand gelegt haben sollte und nun mit der Miene vollkommenster Verblüffung, sich mechanisch den Befehlen des heroisch entzückten Uhrmachers unterwerfend, bei der Eindämmung des Feuers half. Erst später, als bereits der Wieprechtshausener Löschzug eintraf, als es den vier Brimmerner Ortspolizisten, älteren, schlaftrunkenen Männern, allmählich gelang, die Schaulustigen weiter zurückzudrängen, ergab es sich, daß Elfriede und Max sich anschauten.
Und da spürte sie in seinem Blick eine Fassungslosig-

keit, in die schon der Ausdruck einer ungläubig-entsetzten Bewunderung getreten war, so, als starre er jemanden an, der vor seinen Augen einer bisher nur von ihm vermuteten Unterwelt entstiegen war. Und da wußte Elfriede, daß ihr Polier nicht einmal in Gedanken einen Brand gelegt hatte, wozu sie seit Tagen fähig gewesen war. Da wußte sie, daß Max Hörholz die Art Mensch nicht war, die jemals aus Liebe das Äußerste, das Schrecklichste, aber auch das Schönste würde fühlen können. Der konnte nicht sengen und stehlen, nicht morden und betrügen in sich drin, nicht das Niedrigste und nicht das Höchste im Herzen ausführen aus eigener Kraft, die aus dem tiefsten Menschen kommt und freilich auch der tiefsten Gegenkraft des Menschen bedarf, um gezähmt zu werden. Es war das eine und das andere nicht in ihm, die Urgewalt nicht und auch nicht die Urvernunft. Es reichte nicht in ihm. Es reichte in ihm nicht einmal dazu, die Brimmerner Hühnerfarm in Gedanken anzuzünden. Es reichte in ihm gerade dazu, ihr dies voller Befremden zuzutrauen.

Und die gestern gelegten Dachziegel platzten. Wie von selbst hob sich das Balkengerüst des Futterdepots und krachte in das schöne Orange der verglühenden Lagerroste. Der Feuersog brüllte jetzt frei in den funkendurchwirkten Himmel, und Elfriede merkte plötzlich an einem neuen Schmerz, daß keine Enttäuschung dazu ausreichen würde, in ihr die Liebe zu ersticken zu diesem arglosen, ahnungslosen, schrecklich unschuldigen und also unwürdigen Mann Max Hörholz, der weiterhin die Hühnerfarmen bauen würde in der geflügelgierigen Republik, unangefochten und fleißig, ein Frommer, auf den sich Gott nichts einbilden konnte, weil keine Phantasie zum Bösen in ihm war. Und sie, Elfriede, würde dieses unschuldige Ungeheuer dennoch lieben müssen und also daran leiden, daß er so wenig von ihr wußte und jemals von ihr wissen würde wie der Uhrmacher, der Cowboy, der Kriegsheld und alle anderen. Männer – einer von selbstgebastelten Automobilen träumend, ein anderer vom Nibelungentod, einer von Viehherden in Texas und nun der Polier, dessen Visionen sich womöglich in der Vorstellung einer lückenlos mit Hühnerfarmen überzogenen Welt erschöpften. Und sie würde nie etwas anderes dagegenzusetzen haben als die absonderlichen Reize eines zu füllig geratenen Körpers auf makellosen Beinen. Alles, was sonst an ihr und in ihr war, würde ewig nur für sie selbst sein, ein Seelenlaut im leeren Weltdunkel. Ohne Antwort. So klar war es ihr nie geworden. Und war aber nun klar und konnte so wenig rückgängig gemacht werden wie der Brand, den sie sich noch vor einer Stunde so gewünscht hatte. Jetzt wünschte sie, es hätte nicht gebrannt. Und begriff für diesen Augenblick den Abgrund, der zwischen Wunsch und Wirklichkeit liegt, die Bodenlosigkeit, in die der Mensch stürzt, wenn aus dem einen das andere wird. Und begriff für diese Nacht den Sinn und die Wohltat der Vergeblichkeit der Träume.

Dann merkte sie, daß das Kind an ihrer Hand zerrte. Zarah, mit vom Schlaf noch geschwollenen Augen, Neugier und Ängstlichkeit zu gleichen Teilen im Blick. Und Elfriede dachte bestürzt, daß sie seit dem Feueralarm nicht ein einziges Mal an die Tochter gedacht hatte. Sie nahm das viel zu schwere, schon viel zu große

Kind hoch und trug es hinein. Und fand drinnen den von seinem selbstergriffenen Kommando dispensierten Uhrmacher, der die Küchenvorhänge herunterriß und die Fenster gegen den Funkenflug verteidigte. Als er Elfriede bemerkte, übertrug er ihr diese Arbeit und eilte in die Werkstatt. Dort bezog er für den Rest der Nacht Posten und wachte bei seinem Automobil.

Polizei und Versicherung ermittelten ohne Ergebnis. Es blieb bei einer ungeklärten Brandursache, was den mannigfachsten Verdächten, die alsbald im Muusgau herumgingen, nicht eben entgegenwirkte. Manche wußten dies, andere das. Es brennt oft im Muusgau und oft aus ungeklärten Ursachen. Und man weiß, wem so etwas ähnlich sieht im verborgenen, und man weiß, wem es ähnlich sieht, von jemandem zu denken, daß es ihm ähnlich sehe. Daß der im Bayerischen lebende Eigner der Hühnerfarm ein entfernter Verwandter des Spruchkammervorsitzenden in Schergersheim sei, sikkerte durch, und wer ihm den roten Hahn aufs Dach gesetzt habe, der müsse zu suchen sein unter denen, die vormals das Sagen hatten und Groll hegten gegen jene, die heute das Sagen hatten. Es blieb aber im dunkeln.
Und im Dunkel des Bauwagens, spärlich erhellt vom Schein der Petroleumlampe, blieben auch Elfriede und Max, die nun noch ein weiteres Jahr aneinander hatten. Ihre Leiber konnten nicht voneinander lassen. Trotz entfernterer Seelen nicht. Und als das Jahr vorüber war, die neue Hühnerfarm stand, kam der letzte Abend. Wieder ein sommerlich warmer Abend gegen Junianfang. Die Deutschen hatten nun eine neue National-

hymne. Es war die alte mit einem anderen Text. Sie drang ein Stück lang aus der Halberschlag-Küche herüber, wo der Uhrmacher bei offenem Fenster die Spätnachrichten hörte. Auch an diesem Abend würde er noch in die Werkstatt gehen, bis in die frühen Morgenstunden hämmern und feilen an seinem Automobil, das auch in diesem Jahr nicht fuhr. Auch an diesem Abend würde Elfriede sich der Form halber anziehen, durch das Gäßchen der Buchsbaumhecken hinüberschleichen, gebückt und lautlos den Hof mit dem hellen Rechteck des Werkstattfensters durchqueren und unbemerkt in ihr Bett kommen.

Max löschte die Lampe und zog den kleinen Vorhang zur Seite. Eine Welle von Jasminduft schwappte herein. Die stets verspätete Turmuhr von Brimmern schlug Mitternacht.

»Es ist wie letztes Jahr«, sagte Max leise, »alles ist wie letztes Jahr, fehlt nur noch, daß es brennt . . .«

Elfriede sah seinen Kopf dunkel gegen den helleren Fensterausschnitt. Sie konnte in seinem Gesicht nichts erkennen. Aber in seiner Stimme, wenngleich er jetzt ein leises Lachen dazusetzte, hatte etwas geklungen von einem Wunsch, einer Möglichkeit, der man aus dem Nichts wenigstens in der Phantasie zum Leben verhelfen könnte. Elfriede schwieg und genoß einen Augenblick lang den Gedanken, daß er sich nun undeutlich und zaghaft wünschte, was sie vor einem Jahr eine Nacht lang herbeigesehnt hatte wie eine Verdurstende das Wasser. Es war schön, noch erfahren zu haben, daß auch in Max Hörholz ein Keim zum Träumen gegen die Wirklichkeit steckte.

In ihrem Bett schlief sie unter dem geduldigen und nicht

lauten Hämmern des Uhrmachers schneller ein, als sie für diese Nacht besorgt hatte. Und gegen Morgen, als gerade die ersten Vögel aus dem Schergerwald riefen, schreckte sie unruhig hoch und meinte, die Brimmerner Feuersirene gehört zu haben. Aber es war nur ein Traum gewesen. Sie war froh darüber. Für dieses Mal.

Hildes Endspiel

Am Anfang waren für Hilde Gutbrodt, die jüngere Tochter des Oswald Gutbrodt, dem die Ziegelei im Schergerwald nahe Brimmern gehörte, nur zwei Hände. Von vorher wußte sie nicht viel. Nichts, was besonderer Erinnerung wert gewesen wäre. Ganz früher war nur Dunkel, hallender, leerer Raum, manchmal Rufe darin oder Musik, Maschinenlärm von der Ziegelei her, das pochende Rollen der Loren auf den Gleisen, das nächtliche Schlagen der Brimmerner Kirchenuhr. Kaum Bilder, nur Blitze in der Nacht. Sehr früh ein Engel mit Wachsgesicht und Goldhaar, der einer Kerze zu nahe hing und tränend schmorte. In großer Höhe der Vater, spitznasig, schmallippig, grau unter grauem Hut, den er selten absetzte, kaum beim Essen, aber unter der grauen Krempe die Augen, deren Blicke nie stillstanden. Von der Mutter kein Bild außer dem eines Schattens, der hinter einer halb geöffneten Tür, die sonst verschlossen war, in einem hellen Zimmer vor einem weißen Vorhang stand, während eine Pflegerin das Bett machte. Ein Taggespenst. Kein frühes Bild von der älteren Schwester, nur die gekränkten Augen eines Hundes, den sie schlug, weil er die hingehaltene Schokolade verweigerte. Später irgendwann magere Männer in gestreiften Kitteln, die Augen am Boden oder zuweilen in der Ferne. Manchmal fiel einer hin. Wer mit ihnen sprach, sprach nicht, sondern schrie.

Bildfetzen im dunkeln. Aber dann waren auf einmal die Hände da. Warme, trockene, kräftige Männerhände. Nicht hart, nicht weich, sondern etwas dazwischen, für das sie kein Wort hatte. Eines Nachts waren sie da im dunklen Zimmer, in dem an der anderen Wand nichtsahnend die Schwester schlief. Und es fiel ein Licht von oben auf die Hände, so daß sie gut sichtbar waren, aber nur sie, nie der, dem sie gehörten. Sie kamen aus der Nacht und berührten sie, legten sich leicht auf ihren Hals, ihr Gesicht, ihre Augen, und sie übten einen Druck aus, der nichts war als Sanftheit und daher kein Druck, aber doch spürbar und dabei leichter als nichts, ein Druck also, der nur Ausdruck von Sanftheit war, eine Mitte zwischen Ausüben und Weglassen, die Hilde nie gelang, wenn sie es mit eigenen Händen nachmachen wollte. Und lagen mit diesem Ausdruck von Sanftheit auf Schultern und Brust und Bauch und hinterließen der Aufwachenden für einen winzigen Augenblick das ganze Bild des unsichtbaren Mannes, das abzulesen war am klaren Geäder der Handrücken, an den Hügelketten der Knöchel, am Schwung der Sehnen, die vom Daumenballen in die Handgelenke führten, an der Wärme der Innenflächen, und dies, den ganzen Mann, dargestellt nur in seinen Händen, aus ihnen gekeimt und gewachsen, als Nachhall eines Traums ihn vor sich sehen zu können, dies war die Belohnung dafür, daß sie im Traum nie den Versuch machte, von den Händen aufzublicken oder zu greifen nach dem, dem sie doch gehören mußten. Sie wußte im Traum, sie würde erwachen, wenn sie es täte, und tat es darum im Traum nicht. Sie versuchte es nur ein einziges Mal. Es war das letzte Mal.

Hilde saß im Fenster, wie oft, auf dem noch tagwarmen Sims über der dicken Efeuverschalung der Hauswand und sah über den Wald hin jenseits der Lichtung, auf der im trüben Licht der Mastlampen die Lagerhäuser und Trockenschuppen standen, sah zum hellen Abglanz des Tages über dem Muusbogen und hörte unten auf dem Vorplatz ein weiches Rollen auf dem Kies. Da fuhr langsam, ohne Eigengeräusch, ein nachtblauer Wagen heran, mit blinden Lampen und nur mit einer leuchtenden Lache letzten Tageslichts auf der Kühlerhaube, und hielt ohne Laut, und aus dem Wagenfenster winkte hell eine Hand, und Hilde ging barfuß über die dunklen Flure und Treppen hinunter und hinaus über den Kies zu dem Wagen und stieg ein. Dort lagen die Hände auf dem Lenkrad und blieben da, und der Wagen fuhr und fuhr über die Landstraßen des Muusgaus die ganze Nacht. Im Wagen war es so dunkel wie draußen, und nur über den Händen lag ein matter Schein. Hilde wagte es dies eine Mal, den Kopf von den Händen auf dem Steuer wegzudrehen, seitlich nach oben, und erblickte für den Splitter einer Sekunde ein Gesicht, das sich ihr zuwandte, ein Nachtgesicht, von dem sie nicht mehr wahrnahm, als ein geformteres Dunkel im allgemeinen Dunkel, eine Form aus Nacht und Fremde, nicht zu behalten und nicht zu beschreiben, ein Nichts und ein Alles von Gesicht, das ihr für den Splitter eines Sekundensplitters bekannt vorkam aus einer Zeit vor der Zeit, da aber hob sich schon der Wagen von der Bahn, schwebte, stieg, schoß durch den leeren Raum, und Hilde hörte aus großer Ferne das Krachen vor dem Aufprall als verfrühtes Echo eines noch nicht Eingetretenen und lag bereits wach und keuchend in ihrem

Bett, als ihr der Katastrophenschlag vom Traum herüber in die Ohren drang.
Von da an kamen die Hände nicht mehr in ihre Nächte. Den ihr betretbaren Teil der Welt, das Haus, den Garten, den Wald, die Ziegelei, die Brimmerner Volksschule, suchte sie noch eine Weile danach ab, begegnete aber diesen Händen nirgends. Die Erinnerung daran verzog sich in einen Winkel ihrer Seele, von dem sie nichts wußte, und Hilde wuchs heran als ein stilles Kind zu einer höheren Tochter des Ziegeleibesitzers Gutbrodt, die, wie schon zuvor die ältere Schwester Irmtraut, jeden Tag vom Chauffeur achtzylindrig hinübergefahren wurde nach Schergersheim aufs Mädchengymnasium.
Graf Backstein hieß der Ziegeleibesitzer unter den Leuten im Muusgau, und die Villa hinter der Ziegelei, ein Backsteinbau mit Türmchen und Zinnen, die blaßrot aus dicken Efeumauern ragten, nannten sie Villa Ziegel. Daß der Graf Backstein seine Töchter mit Chauffeur zur Schule fahren ließ, anstatt sie im Rudel der anderen Brimmerner Oberschüler mit der Lokalbahn, genannt Muus-Expreß, zu schicken, fanden sie typisch. Er war nicht beliebt in der Gegend, und der Tod seiner Frau, die in Jahr und Tag niemand mehr außer Haus gesehen hatte, brachte ihm keine Sympathie ein, sondern die Rede hinterm Rücken, daß die vormals lebenslustige junge Frau, eine Arzttochter aus Düsseldorf, mit diesem von früh an grauen Mann mit Augen, die nie stillstanden, gar nichts anderes habe tun können als sich hinlegen eines Tages in ein weißes Zimmer und nie wieder aufstehen bis zum Tod. Man gönnte dem Backsteingrafen auch, daß ihm seine beiden Töchter

nicht gediehen, sondern querwuchsen, wie man sagte. Die Irmtraut nach schräg oben, die Hilde abwärts.
»Black and White« nannte man sie im Muusgau. Wer den Namen aufgebracht hatte, wußte niemand, jedenfalls war es vor der Zeit, in der englische oder amerikanische Namen und Benennungen über den Muusgau kamen, und so wird es wohl einer der weltläufigen Fliegeroffiziere gewesen sein vom Krummtaler Horst, die in der Villa Ziegel verkehrten. Dunkel, fast schwarz war Irmtraut, mit sehr hellen Augen. Hellblond war Hilde und hatte dunkle, fast schwarze Augen. Black and White. Die schönen Töchter des Grafen Backstein. Irmtraut, zu früher Üppigkeit neigend, mit einem immer hängenden Mund, was nach Hochmut aussah, aber vielleicht nur daran lag, daß die stark ausgebildete Wangen- und Kinnpartie das ganze Gesicht nach unten zog. Hilde hingegen war als Kind und junges Mädchen fast bis zur Knochigkeit mager. Unter ihrer fahlblonden Löwenmähne spähte ein Dreiecksgesicht hervor, das mit einem Ausdruck zwischen großer Konzentration und Selbstversunkenheit die Welt aufs schärfste beobachtete, wie man es nur von einer Katze kennt.
Irmtraut war äußerlich ein Glückstreffer, ein zufällig wohlgeratenes Arrangement von Ebenmäßigkeit und Glätte, bilderbuchgleich. Trabte sie auf ihrem Schimmel durchs Ried, schauten ihr jedesmal die Torfbauern nach. Ritt sie an den Waldsteinbrüchen vorbei, riskierten die Häftlinge in ihrem Streifendrillich Blicke und Prügel. Im Schergersheimer Gymnasium, das zu Irmtrauts Zeit »Horst-Wessel-Schule« hieß, sackte Dr. Zierbarth, der Schöngeist und Deutschlehrer, aus seinem Entzücken

über den faustischen Menschen zuweilen plötzlich ein Stück in sein eher rundliches Selbst zurück und starrte zu Irmtrauts Bank und Busen hin, solange, bis die Klasse kicherte, so daß er sich mühsam emporpumpen mußte, bis er wieder die faustische Höhe erreicht hatte. Es war im Muusgau auf Irmtrauts Schönheit ein dumpfes Glotzen wie auf ein sich magischerweise bewegendes Gemälde, von dem kein Leben ausging und zu dem das Leben nicht kam. Freundliche Blicke waren es nicht, die darauf ruhten.

Hilde war sehr unauffällig schön, und das Schönste an ihr war die Lebendigkeit. Man gewahrte sie beim ersten Blick und sah noch einmal hin. Dann wurde Hilde schön. Beim dritten Blick freute man sich daran und schaute lächelnd hinterher, ohne genau zu wissen, was einen freute, denn Hilde war ein ernstes Kind, das keinen je angelächelt hat. Doch war ihr konzentrierter Ernst, der Menschen, Tieren und Sachen in gerechter Verteilung galt, von großer Gegenwärtigkeit. Wenn die beiden Schwestern zusammen auftraten, was zuletzt 1957 geschah zur Fünfzig-Jahr-Feier der Ziegelei im Schergerwald, als Irmtraut dreiunddreißig war und Hilde neunzehn, schauten die Leute zuerst auf Irmtraut. Den ganzen Abend lang jedoch auf Hilde. Weder einzeln noch zusammen aber erinnerten die Schwestern irgend jemand an ihren Vater. Dem Oswald Gutbrodt traute man keine von beiden zu. In einem wunderlichen Zufallsspiel der Gene mochte ihm Irmtraut gelungen sein. Hilde war jedoch nur als Kuckuckskind denkbar oder als eine mythische Person in dem Sinn, daß ein Gott oder Halbgott sich in Graf Backsteins Gestalt der einstmals liebreizenden, aber sittsamen Frau Gutbrodt

genähert und Hilde gezeugt haben mußte. Ob es ein guter oder ein böser gewesen sei, darüber gingen die Meinungen im Muusgau eher zum Unguten hin.
Irmtraut stieg steil auf mit der Gunst der Mächtigen. Ein hochdekorierter Fliegerleutnant, mit dem sie sich siebzehnjährig hastig verlobte, genügte ihr nicht lange. Dem zog sie, wie von Beerensammlern beobachtet wurde, im Dickicht am Säubach die Gerte quer übers Gesicht, als er ihr an die Reithosen wollte. Er wurde dann im Herbst über Moskau abgeschossen. Dem nächsten Mann jedoch, sehr jung und wichtig, sehr blaß und lang, konnte sie nicht mit der Peitsche kommen, oder sie hätte es bereut. Der kam aus einem strengen Amt in Berlin und organisierte die Lager der Gestreiften im ganzen Regierungsbezirk neu, auch das Waldlager bei Schwerl. Es sollte ein Ende damit haben, daß die Leute in den Lagern für nichts oder nicht viel geschunden wurden, sondern es sollte etwas dabei herauskommen für Front und Heimat, und die arbeitsfähigen Schwerler Lagerinsassen wurden zu einem Teil in schlecht gezimmerte Baracken nahe der Ziegelei verlegt, um die Produktion von Schornsteinziegeln für die Rüstungsfabriken zu steigern. Der Lange aus Berlin hatte Macht, die kräftigeren und die schwächeren Häftlinge nach Gutdünken zu verteilen, und die Ziegelei fuhr nicht schlecht dabei, verdoppelte die Produktion und mußte keine Löhne dafür zahlen. Es hieß, das sei so, weil der Mann aus Berlin die schöne Irmtraut verehre, und es hieß, bei einem Ausritt mit ihr habe er am Muusbogen draußen einmal einen Gestreiften ins Winterwasser gejagt bis zum Bauch, damit der hängende Mund Irmtrauts etwas zum Lachen hatte.

In dieser Zeit wurde tief im Wald hinter der Ziegelei ein Friedhof angelegt, ein mit Bretterzaun eingefriedetes, sumpfiges Stück Heide, in das sich schnell Gruben graben ließen. Es ging abends mit dem Dunkelwerden oder früh bei Dämmerung der Leichenwagen dort hinaus, ein Pritschenkarren mit Plane, den ein paar Gestreifte zogen und schoben. Die kleine Hilde sah ihn oft. Sie sah vieles, scharf beobachtend und zugleich versunken, wie es eben nur eine Katze kann.
Zu Irmtrauts Hochzeit mit dem Mann aus Berlin spielte eine Häftlingskapelle. Die Gestreiften mit Geige, Akkordeon und Klarinette saßen auf einem im Ziegeleihof errichteten Podium wie Plastiken einer Ausstellung. Erst spielten sie Märsche und Volkslieder, dann zum Tanz. »Was machst du mit dem Knie, lieber Hans«, »Rosamunde« und »Am Abend auf der Heide«. Der Berliner, sonst immer im dunkelbraunen Ledermantel, hatte eine schwarze Uniform an mit silbernen Zeichen und Litzen. Am Mützenband vorne einen silbernen Totenkopf. Eine Kiste echten Champagner aus Frankreich hatte er mitgebracht. Er war lustig, und die gestreiften Musiker bekamen ein Bier von ihm. Als der Mann aus Berlin betrunken war, sollten die Häftlinge »Kann denn Liebe Sünde sein« spielen, und der Berliner wollte dirigieren. Das konnten sie nicht. Da sang er es ihnen vor. Dann spielten sie es, zittrig von Ton zu Ton. Der Backsteingraf lächelte dünn, Irmtraut lachte sehr. Hilde sah es. Sie war sechs.
Irmtraut zog nach Berlin mit dem Mächtigen, der dort mit noch Mächtigeren befreundet war. Die verteilten schon Grund und Güter unter sich für später, wenn sie die Mächtigsten auf der Welt sein würden. In dieser Zeit

zogen es die Leute im Muusgau vor, dem Grafen Backstein statt der Tageszeit vorsichtshalber den Gruß der Macht zu entbieten, was hierorts nicht üblich war. Er ging unter grauem Hut und grüßte freundlich zurück. Es hieß aber, ein Metzger aus Ranzbach sei abgeholt worden, weil er im »Ochsen« zu Schergersheim über einen der Mächtigsten in Berlin und dessen verkrüppeltes Bein Abfälliges geäußert habe. Und es hieß, der Backsteingraf habe am selben Abend am Honoratiorentisch gesessen, in Hörweite. Und weiter hieß es, die seit Jahren andauernden Verhandlungen zwischen Gutbrodt und der Gemeinde Brimmern, den Ankauf eines großen Stück Walds zwischen dem Hummelsee und den Siebenhügeln betreffend, stünden günstig für den Grafen Backstein wie nie zuvor. Er kam in dieser Zeit hoch daher unter seiner grauen Krempe.

Nicht lange nach dem sechsten Weihnachten im Krieg änderte er jedoch seinen Gang, zog die Schultern ein und hielt den Kopf gesenkt wie in Nachdenken oder als beschäme ihn etwas. Es fiel der siebenjährigen Hilde auf, und sie reimte sich zusammen, er sei sich vielleicht spät, aber doch deutlich bewußt geworden, welche Zumutung sein ständig irrender, niemals ruhiger Blick für seine Mitmenschen sei. Hatte es ihm einer gesagt? Der sollte sich vor Hilde in acht nehmen. Es durfte ihrem Vater niemand weh tun außer ihr. Sie durfte, denn sie liebte ihn. Damals liebte sie ihn noch.

Im frühesten Frühjahr wurde bemerkt, daß Graf Backstein am Honoratiorentisch im Schergersheimer »Ochsen« stumm saß, wenn von der Kriegslage gesprochen wurde, sei es bang oder zuversichtlich. Dagegen sprach er immer häufiger von einem Darmleiden, das ihn quäle. An manchen Abenden fehlte wie durch eine Zerstreutheit aus Schwäche das Parteiabzeichen an seinem Rockaufschlag. Fragte man nach Irmtraut und ob sie noch elegant Hof hielte unter den großen Damen in Berlin, so wurde er unwirsch und stellte richtig, seine Irmtraut sei ja nun schließlich auch nichts anderes als eines Soldaten Frau, der seine Pflicht tue an der Heimatfront. Und eines Nachts fuhr vor der Villa Ziegel ein überladener Wehrmachtswagen vor, aus dem stieg fremd und feldgrau der Lange aus Berlin, und nur noch die Totenköpfe auf Mützenband und Kragenspiegel erinnerten an die schwarze Uniform vom Hochzeitstag, und nach ihm stieg Irmtraut aus, ganz in Pelz und mit tief hängendem Mund, der nun nicht mehr locker hing, sondern mit eingekniffener Unterlippe. Hilde sah sie von ihrem Fenster aus unten stehen im düsteren Schein der blaugestrichenen Hoflampe, im schwarzen Pelz, die bleiche, glatte Stirn überhöht durch ein straff gebundenes Turbantuch, eine strenge Königin der Nacht, die das Ausladen von weiteren Pelzen, Kisten und Teppichen befehligte. Vier Tage später begann, wie die Leute im Muusgau aus den knappen Radionachrichten schließen konnten, der russische Angriff auf Berlin. Doch war der Lange nicht geflohen, sondern in geheimer Reichssache unterwegs, und der Wagen mit den Kisten und Teppichen und Irmtrauts Pelzen ging so nebenbei.

Die Bewohner von Schwerl und Züngelbach haben an einem dunklen Aprilmorgen ein Schießen gehört aus dem tiefsten Schergerwald, Salve um Salve. Das war die geheime Reichssache, und von den Insassen des

Schwerler Waldlagers haben nur die überlebt, die unter den Leichen für tot gehalten worden waren, und andere, die sich auf Außenkommando befanden. Die für die Arbeit in der Ziegelei Abkommandierten haben geschlossen überlebt, obwohl auch sie dem Tod bestimmt waren, denn es war der Wunsch des Amtes in Berlin, daß die Sklaven ihre Jochherrn schicklicherweise nicht überdauern sollten. Am Abend nach den Erschießungen bei Schwerl lagen sie in ihren stacheldrahtumzäunten Baracken hinter der Ziegelei und warteten auf den Appell, nach dem man sie hinaustreiben würde in die Steinbrüche, zur Schädelstätte. Aber der Appell kam nicht, sondern die Wachmannschaft besoff sich in der Villa Ziegel bei echtem, aus Holland geraubtem Genever, den der Lange aus Berlin kistenweise mitgebracht hatte. Sie gröhlten zu Koffergrammophonmusik bis in den Morgen und kamen erst auf die Beine, als man gegen neun Uhr früh von Gaisenbühl her amerikanische Panzerkanonen hörte. Da zogen sie in zwei requirierten Lkws von der Ziegelei muusaufwärts ab Richtung Süden. »Wir kommen wieder!« riefen sie. Irmtrauts Gatte aber torkelte volltrunken in den Wald und schoß sich eine Kugel in den Mund. Das war am Geburtstag des Mächtigsten, und zehn Tage danach tat der in seinem Berliner Bunker das gleiche. Der war aber, wie man hörte, bis zum Schluß Antialkoholiker geblieben.

Nach späteren Aussagen des Oswald Gutbrodt habe an jenem Abend, als die Wächter zechten und nicht schossen, in der Villa Ziegel im Verborgenen ein Blümlein vorsichtig geblüht, das habe Menschlichkeit geheißen und sei gepflanzt worden von einem Gärtner namens Oswald Gutbrodt alias Graf Backstein. Der habe die ganze Nacht, während die Totenköpfe sich mit Genever begossen und auf den Tischen tanzten zu »Lambeth Walk«, im Herrenzimmer die Restseele, das Steinherz seines Schwiegersohns belagert, habe gar auf den Knien gelegen vor ihm und ihn angefleht, das Leben der ausgemergelten Menschen in den Baracken zu schonen um Gottes Willen, und es sei ein Kampf gewesen, ein Ringen wie das Jakobs mit dem Engel, nur daß es ein böser Engel mit einem Totenkopf am Kragen gewesen sei, und die eigene Beredsamkeit sei es sicher nicht gewesen, die den Backsteingrafen habe obsiegen lassen, sondern ein guter Engel habe ihm die Zunge geführt.

So mußte es sich zugetragen haben, wenn man der Aussage des Oswald Gutbrodt glauben wollte, die dieser in seinem Prozeß neunzehnhundertvierundfünfzig vor dem Oberlandesgericht machte. Man warf ihm vor, die rücksichtslose Ausbeutung der damaligen Zwangsarbeiter aus niederer Gewinnsucht begünstigt, wenn nicht sogar initiiert zu haben. Seine Schilderung, tatsächlich unterstützt durch einige Dankesbriefe ehemaliger Häftlinge, blieb nicht ohne Eindruck auf das Gericht. Irmtraut, die in jener Nacht die Herren mit Getränken versorgt hatte, bestätigte als unvereidigte Zeugin die Aussage ihres Vaters. Das Auge des greisen Vorsitzenden ruhte länger auf ihrer dramatischen Erscheinung, als unbedingt nötig gewesen wäre. Hilde, im Jahr des Prozesses sechzehn, zur fraglichen Zeit ein Kind von sieben Jahren, wurde als Zeugin nicht gehört. Man weiß nicht, was sie ausgesagt hätte. Das Verfahren endete mit einem Freispruch aus Mangel an Beweisen.

Der Muusgaubote feierte den Ziegelgrafen als lange verkannten Retter der Bedrängten, während die Presse der Landeshauptstadt vorsichtig andeutete, eine dubiose Figur sei mit einem blauen Auge davongekommen.
Das blaue Auge bestand in der Tatsache, daß die Besatzungsmacht im ersten Friedensherbst Oswald Gutbrodt als Firmeninhaber entmachtet und einen Treuhänder für ihn eingesetzt hatte. Das war ein Otmar Kopf aus Ulm, alsbald im Muusgau genannt der Ziegelkopf. Der übernahm die Ziegelei im Dezember. In der ersten Märzsonne sah man ihn mit Irmtraut sonntags durchs Ried reiten. Die Hochzeit fand im Herbst neunzehnhundertachtundvierzig statt, als das Geld wieder etwas wert war. Die Hochzeitsgäste im Schergersheimer Dom sahen Irmtraut im grauen Seidenkostüm mit grauem Hütchen und Halbschleier. Darunter hing ihr Mund im alten Hochmut nach unten. Und während Kantor Mägerle dem Motettenchor frohlockende Sechzehntelfiguren entlockte, »Singet dem Herrn ein neues Lied«, wußte jeder, wer in Wahrheit die Macht hatte in der Ziegelei und das Geld auch. Dies war das blaue Auge des Oswald Gutbrodt.
In dieser Zeit, vielleicht auch erst ein Jahr später, hat Hilde zum erstenmal von den Händen geträumt. Wunschhände. Sie konnte sie nirgends in dem ihr betretbaren Teil der Welt gesehen haben. Sie wußte nur, daß sie die Hände ihres Vaters nicht anfassen, nicht einmal anschauen konnte, ohne Ekel zu empfinden. Das war schon früh so gewesen und steigerte sich. Es war die schlaffe, als Sanftheit sich gebende Weichheit der

Vaterhände, in der sie auf rätselhafte Weise und sehr gegen ihren Willen eine verborgene Lüge, eine nicht greifbare Bedrohung spürte. Sie hätte die Hände des Vaters gerne mögen wollen, denn ihr war klar, daß man nicht lieben kann, dessen Hände man nicht mag. So ging sie dem Vater mehr und mehr aus dem Weg nur um seiner Hände willen. Und träumte sich Hände in der Nacht. Denen konnte sie trauen.

Nicht lange nach dem für den Ziegelgrafen glimpflich, ja fast glorreich verlaufenen Prozeß wollten die Schergersheimer ihr Gymnasium wieder einmal umtaufen. Nachdem es Horst-Wessel-Schule nicht mehr heißen konnte, hatte man es voreilig Maria-Schiefelbarth-Gymnasium genannt nach der einfachen Riedbäuerin, die im Krieg zwei abgeschossene amerikanische Flieger vor der Lynchwut des Ortsgruppenleiters in Zwürn versteckt hatte. Sie wurde verraten und verschwand auf Nimmerwiedersehen in einem der zahllosen, namenlosen Lager. Die beiden Flieger aber überlebten die Gefangenschaft. Die Schergersheimer hielten kurz nach dem Krieg dafür, es sei keine schlechte Reverenz der Militärbehörde gegenüber, das Gymnasium nach der schlichten Heldin von Zwürn zu benennen. Sie waren aber nach zehn Jahren das höflich betretene »Ach so« leid, das sie stets von auswärtigen Gästen hörten, wenn man ihnen die Frage beantwortete, wer denn eine Maria Schiefelbarth gewesen sei. Es war kein Staat zu machen mit einer Heiligen, deren Namen schon die Crailsheimer nicht mehr kannten. Es war eine Verlegenheit, und da nun Oswald Gutbrodt wieder ein Name von Gewicht und Klang war im Muusgau, durch rastlosen Fleiß zu ungeahnten Produktionsziffern der Ziegel- und

Hohlblockherstellung vorgestoßen und daher hochverdient um den Wiederaufbau des ganzen Landes, und da nun durch den Prozeß seine im verborgenen blühende Menschlichkeit während des Krieges offen zutage lag, hätten manche Kräfte im Schergersheimer Gemeinderat es nicht ungern gesehen, wenn man die Schule fortan Oswald-Gutbrodt-Gymnasium genannt hätte. Die diskrete Anregung geriet in die Öffentlichkeit und wurde auf ganzen Seiten von Leserbriefen im Muusgauboten heftig erörtert. Geschäftsleute und Unternehmer lieferten Zustimmung, die Beamten äußerten sich abwägend, die kleinen Leute, die Ried- und Waldbauern, keiften wie die Eichelhäher, es sei ein Hohn, denn um Menschlichkeit sei es nie gegangen, sondern der Backsteingraf habe genau kalkuliert, wie lange er es zum eigenen Nutzen mit den Blutknechten habe halten müssen und wann er sich aufs Menschliche zu besinnen habe, um ein Schandkapital von hundert geretteten halbverhungerten Juden in die Nachkriegszeit einbringen und auch weiterhin Ziegel brennen zu können, und ob Gutbrodt wirklich in dem Langen aus Berlin, dem semmelblonden Fisch, einen Gewissensfunken gerührt habe oder ob das nicht alles ein abgekartetes Spiel gewesen sei, so daß, wenn sich der Totenkopf nicht im Vollsuff selbst erledigt hätte, er heute womöglich seinen Anteil am Gewinn der Ziegelei kassieren würde, all das wisse man nicht so genau. Die aber so dachten und sprachen, die schrieben keine Leserbriefe, sondern es wurde kultiviert und gemessen diskutiert. Auch in der Schule. Und Hilde stand dabei in Gängen und Klassenzimmern, stumm, ohne Bewegung, hörte aber jedes Wort und verschwand an einem Herbstabend neun-

zehnhundertvierundfünfzig mit dem Dunkelwerden aus der Villa Ziegel so gut wie ohne Gepäck und blieb ein halbes Jahr verschwunden, und in ihrer Abwesenheit kam man überein, das Gymnasium doch besser nach einem richtigen Heiligen zu nennen, und taufte es nach der nächstgelegenen Kirche Sankt Martin.
Erst im Mai wurde Hilde von der Polizei im Bahnhofsviertel von Göttingen aufgegriffen unter nicht seßhaftem Volk und versoffenen Studenten. Da war sie siebzehn und in bedenklichem körperlichem Zustand, zu des Grafen Backstein vorläufiger Beruhigung aber wenigstens weder schwanger noch geschlechtskrank. Nach kurzem Krankenhausaufenthalt kam sie auf ein Internat am Bodensee, verhielt sich dort still und unauffällig, wenn dauerhaftes Schweigen bei einem jungen Mädchen nichts Auffälliges ist, und legte mit einer Mühelosigkeit, welche die Lehrer fast beleidigte, das beste Abitur ihres Jahrgangs ab. Den Winter über blieb sie dann in der Villa Ziegel, ein fremder, höflicher Gast dem Vater, der Schwester und ihrem Mann nicht einmal das, sondern in Ton und Blick allenfalls so wie Zimmernachbarn im Hotel, die man sich vom Leibe halten will. Man sah sie auf langen, einsamen Gängen durchs verschneite Ried. An der Muus entlang ging sie oft, am häufigsten oberhalb des Kraftwerks am Muusbogen, dort, wo im vergangenen Spätsommer eine Realschülerin aus Höpflingen ins Wasser gegangen war. Wegen einer Geschichte mit einem Lehrer. Die rührende Magda Mümmler, ihre alte Kinderfrau, hatte Hilde davon ins Internat geschrieben und einen Zeitungsausschnitt beigelegt. Fünfzehn Zeilen unter »Meldungen aus dem Landkreis«. Rita Strack aus Höpflin-

gen. »Du hast sie sicher auch gekannt vom Sehen«, hatte die Magda geschrieben, »jeder hat sie gekannt vom Sehen. Sie hatte wunderschönes Haar, feuerrot, so volles, starkes Haar wie du, Hilde, nur feuerrot. Sonst hat man nichts von ihr gewußt. Ein armes Ding . . .« Magda Mümmlers berühmte Nachrufe, ihre Zusammenfassungen eines Menschen in zwei Sätzen. Hilde stand am Ufer und lächelte in sich hinein, während die Muus dunkelgrün zwischen zarten Eisrändern träge floß. Und Hilde überlegte lange, welche zwei Sätze Magda Mümmler für sie finden würde. Sie kam auf nichts. Sie wußte nichts von sich außer einem nie ruhenden Schmerz in ihrem Innern, der nicht zu benennen war. Die rote Rita mußte mehr gewußt haben von sich. Man ging nicht ins Wasser, ließ sich nicht in den Turbinenkanal des Kraftwerks ziehen ohne Grund. Die Rita mußte viel gehabt haben in sich drin, so viel, daß es nicht zum Aushalten war. Mit einem flüchtigen Gefühl von Neid wanderte Hilde weiter. Sich umzubringen, weil man nichts in sich drin hatte, wäre albern. Ein Drama um nichts.
Vom Sommer an studierte Hilde Gutbrodt Germanistik und Philosophie in Erlangen. Der Sohn des Schergersheimer Stadtpflegers Sautter studierte aber auch in Erlangen und erzählte in den Sommerferien neunzehnhundertneunundfünfzig, er habe in drei Semestern die Hilde Gutbrodt in der Universität nie gesehen. Das hätte nichts heißen müssen, störte aber den Grafen Backstein nach gemachten Erfahrungen mit Hilde doch, zumal Hildes erste Zimmerwirtin auf schriftliches Befragen zurückschrieb, diese wohne längst nicht mehr bei ihr, und sie wisse nichts über ihren Verbleib. Es gab

kein Zeichen von Hilde, nur der Betrag, den Gutbrodt monatlich durch Dauerauftrag auf ein Konto der Kreissparkasse überweisen ließ, wurde regelmäßig abgehoben. Sie mußte leben, doch die Frage, wie dieses Leben aussah und wozu es noch führen könnte, war dem Ziegelgrafen fast die größere Sorge. Irmtraut hatte zu trinken angefangen, heftig und hemmungslos. Noch war es nicht herum. Wenn sie zu viel hatte, lief sie mit wirrem Haar, im Morgenrock, die Reitpeitsche in der Hand, in Haus und Stall umher und schlug nach allem, was ihr in den Weg kam. Otmar Kopf war ihr nicht gewachsen, auch er hatte schon Prügel bezogen und war fassungslos, mit puterrotem Kopf in den Wald gelaufen. Den Vater griff sie nie an. Dem sagte sie nur gelegentlich in Flüsternähe: »Wir zwei . . . du weißt, wie's war damals. Und ich weiß es . . . für dich ist's schlimmer, daß ich's weiß, als für mich, daß du's weißt . . .« Und das war für den Alten dasselbe, wie für den ahnungslosen Ziegelkopf Irmtrauts Peitsche. Sie war Mitte Dreißig. Immer noch schön aus Zufall und krank. Es würde nicht lange geheimzuhalten sein, und wenn dann noch aus Erlangen oder sonst woher die Kunde dränge, die Hilde sei wieder abgesackt in ein Leben unter Tagedieben und Bahnhofspack – dem Oswald Gutbrodt drückte die Sorge um seine Töchter steinschwer auf Herz und Magen. Er hat aber nie begriffen, daß es nicht die Sorge um die Töchter war, sondern immer die Sorge um sich selbst. Wäre es anders gewesen, er hätte die Sorge um die Töchter vielleicht nicht gehabt.
Im Vergleich dazu lebte Hilde in geordneten Verhältnissen. Die Universität hatte sie nach einiger Zeit nicht mehr interessiert. Die Dinge, das Denken, das Wissen

wären ihr willkommen gewesen, doch brauchte sie den versunkenen, aber alles erspähenden Katzenblick nicht lange in Hörsäle und Seminare zu richten, um zu begreifen: Der Geist, den sie da auftürmten in schimmernden Formen zu Tempeln und Burgen, die ganze Akropolis aus hohen Wörtern und tiefem Sinn, in der sie feierlich und geschäftig zugleich umhereilten, vom obersten Priester bis zum geringsten Tempeldiener nie zu eilig, um jederzeit verharren zu können in Andacht vor dem Beifall, der ihnen zuverlässig gespendet wurde – sie war nicht für die Menschen gebaut, als Heimstatt weder zu gebrauchen noch gedacht, die hohe Stadt war unbewohnbar, weil schon besetzt von ihren Erbauern oder Verwaltern. Der Geist war eine Hochburg des Eigenbedarfs, er strahlte zum Selbsterlebnis seiner Sachwalter, die also Ich-Walter waren von luxuriöser und nichtiger Intelligenz. Ihr Geist war eine Geste, nichts als ein exquisiter Hinweis auf sich selbst. Inwiefern sie dem Fortgang der Menschen dienen könnten, das war nicht ihre Frage, so wie sie sich auch nicht einschlossen in die Katastrophe, die nun fast fünfzehn Jahre zurücklag oder siebenundzwanzig, wie man es nahm. Von der sprachen sie viel, aber immer wie von einer seltenen, ekligen Krankheit, die andere befallen hatte, ein Leiden, das sie allenfalls nicht hatten wirksam bekämpfen können. Hilde fand, wenn sie es recht beobachtete, hier in den Hörsälen ein zweites Schergersheim, ein vornehmeres, das andere, höhere Wörter hatte als das im Muusgau, aber doch ein ebenso komfortables Gefilde unter gemäßigtem Klima, in dem die Geistesinhaber von der Katastrophe sprechen durften, wie Oswald Gutbrodt von den Ziegeleihäftlingen

auf dem Moorfriedhof nach dem Krieg hatte sprechen dürfen, als von etwas, das fern und ohne eigene Beteiligung stattgefunden hatte wie eine Seuche, gegen die man selber zwar resistent gewesen war, die man aber habe toben lassen müssen. In Schergersheim hatten wenigstens die kleinen Leute geschrien. In den Hörsälen waren aber keine kleinen Leute. Hilde gab die Universität auf.
Otmar Kopf, der Gesandte des Ziegelgrafen, fand sie im Frühjahr neunzehnhundertsechzig als Kantinenhilfe einer Kugellagerfabrik in der Nähe von Fürth. Niedere Arbeit gab es mehr als genug, und es war innerhalb von sechs Monaten ihre vierte Stelle dieser Art, und es war daher, obwohl Hilde die behördlichen Vorschriften beachtet hatte, nicht einfach gewesen, sie aufzustöbern. Otmar Kopf schwankte zwischen Staunen und peinlichstem Berührtsein. Des Ziegelgrafen Tochter, die mit dem Chauffeur zur Schule gefahren war, nun im hellblauen Kittel, im Dunst von schlechtem Fett und billigem Fisch, zwischen Kessel und Spüle, es ging über seine Vorstellung vom Leben. Er war fünfundvierzig Jahre alt und jünger seit vielen Jahren eigentlich nicht gewesen, mit zwanzig schon fertig und in diesem endgültigen Zustand wenig genug, ein athletisch gebauter, rosiger Mann mit ersten Falten, die von Irmtrauts Eskapaden stammten. Denen stand er so fassungslos gegenüber wie jetzt seiner Schwägerin im Kantinenhecht einer Kugellagerfabrik. Durchtrieben in geschäftlichen Dingen, war er ein dummer Mensch, dem Hilde nicht erklären konnte und wollte, was sie in die Schäbigkeit ihrer jetzigen Existenz getrieben hatte. Sie war klug genug zu wissen, daß es ein Zwang war. Es zog

sie zu den Geringen. Sie hoffte, aus ihrer Klasse treten zu können wie aus einem abgestreiften Rock, der ihr nur noch um die Knöchel lag. Sie meinte nämlich, in ihrem Vater auch die Klasse erkannt zu haben, da ihm, den sie geliebt hatte, nur so Verständnis zu gewähren war, Verzeihen nicht. Er war wie sie alle waren im gehobenen Mittelstand: menschenblind aus Dünkel. Er hatte die Häftlinge, zu deren Retter er sich am Ende durch einen Trick gemacht hatte, nicht gesehen, nicht den Leichenwagen, der in der Dämmerung moorwärts schaukelte, nicht den Knüppel, der auf die Halbverhungerten zischte. Er hatte alles nur gesehen durch die Blindenbrille seines kalkulierenden Verstandes, der ihm sagte, daß die Wirklichkeit ihn bloß insofern betraf, als sie ihm selbst nützen oder schaden konnte. Es war keine Lust in ihm und kein Erbarmen, er war grausam aus Mangel an Phantasie. Verglichen mit seinen Ziegeleiarbeitern, die den Gestreiften gelegentlich einen Apfel, ein Stück Seife, eine Zigarette zusteckten, war er ein bettelarmer Mann in seiner Villa, ein Scheintoter. Nie hätte er den Jammergestalten selber ein Haar gekrümmt. Nie hätte er sich an ihrem Elend geweidet. Das tat nur Irmtraut. Dies aber ging ihrer Klasse zu weit. Man tat das nicht. Und also war Irmtraut krank.

All dies im Schergerwald. Eine verträumte Backsteinvilla, rot hinter dickem Efeu, in dem der Sommer summte gegen Abend, wenn das gelbe Licht über die Waldhügel schwang und die Fabrik verstummte. Im Salon leuchteten nun in Leder mit Gold die Buchrükken. Hölderlin, Mörike, Hauff, Uhland. Und Oswald Gutbrodt saß am Flügel bei Schumann und Brahms.

Aus dem Küchenfenster sang Magda Mümmler dagegen: »Ich weiß nicht, was soll es bedeuten.« Die Mischung der Töne stieg an der Hauswand empor bis zu Hildes Fenster, in dem sie kauerte auf sonnenwarmem Sims, den ein schmiedeeisernes Gitter sicherte. Dazu das Hufgeklapper von Irmtrauts Schimmel im Hof drüben. Es war schön. Und dabei wußte sie, daß nun in einer Stunde am Ostende der Ziegelei ein Stacheldrahttor aufgehen und einen holpernden Karren mit Toten hinauslassen würde in den Wald. Ein Riß ging durch den Abend und durch das Kind. Und nun stand sie da in hellblauem Kittel und mit Küchenhäubchen im Fischgeruch und Fettdunst, ein zweiundzwanzigjähriges Kind, und heulte plötzlich an der Schulter des rosigen, dummen Menschen Otmar Kopf und wollte heim.

Und wollte aber, kaum daß sie zurück in der Backsteinvilla war, nicht heimgewollt haben. Doch hatte man sie gefangen. Man hatte sie geleimt mit ihrer eigenen Barmherzigkeit. Kein Wort hatte Otmar Kopf, nicht ohne Instinkt für den Menschen, im Wagen auf dem ganzen Weg her von Fürth verlauten lassen, kein Wort von alledem: Irmtraut war betrunken ausgeritten und außer sich genug, um den Schimmel, das einzige Wesen sicher, das sie liebte, jedenfalls solange es gehorchte, in eine Herde Riedschafe hineinzuprügeln, weil der junge, hübsche Kerl von Schäfer ihr angeblich obszöne Gesten gemacht hatte. Das Pferd, entsetzter als die Schafe, scheu vom Gebell des Hundes, hatte sich wild aufgebäumt, war nach hinten gekippt und hatte Irmtraut unter sich begraben. Sie war operiert worden, und schon eine Woche nach der Operation hatte sie jede Schwester auf der Station mit ihren Wutausbrüchen tyrannisiert. Nun lag sie zu Hause, vom Hals bis zum Po im Gips, und die alte Magda Mümmler war nach vier Tagen mürbe und hatte ihr die Cognacflasche gebracht. Irmtraut dämmerte vor sich hin zwischen Betäubung und Brechanfällen. Der Backsteingraf schnurrte zusammen wie ein altgewordener Rettich. Das Magenleiden, das er gegen Kriegsende in Anspruch genommen hatte, um vorsorglich dem Bild des feisten Kriegsgewinnlers entgegenzuwirken, machte nun Ernst. Er stand tagelang nicht auf und überließ Otmar Kopf die Leitung der Ziegelei.

Kein Wort von alledem hatte Otmar Kopf gesagt, um Hilde zur Heimkehr zu bewegen. Aber es wäre auch nicht nötig gewesen. Hilde war aus Heimweh mitgekommen. Es schien, als hätte ihre Kindheit sie gerufen.

Irmtraut schlief fest und leise schnarchend. Auf ihrem Gesicht im wirren schwarzen Haar lag ein letzter Nachhall ihrer einstigen Schönheit, jetzt wohl nur noch dem erkennbar, der sie in ihrer Blüte gesehen hatte. Als sie erwachte und Hilde sah, wurden ihre hellen Wasseraugen dunkel. Dann standen Tränen darin, und sie griff nach der Cognacflasche, die sie neben sich im Bett liegen hatte. Hilde nahm ihr schnell die Flasche ab, holte ein Glas, schenkte einen Zeigefinger hoch ein, gab es Irmtraut und brachte die Flasche hinaus. Später wusch sie die Schwester. Irmtraut fügte sich, aber gesprochen haben die beiden kein Wort. Black and White. Die schönen Töchter des Grafen Backstein.

Auch mit ihrem Vater hat Hilde nicht viel gesprochen. Mit einem Gefühl zwischen Mitleid und Verachtung beobachtete sie den noch nicht siebzigjährigen Mann, den jeder auf Mitte Achtzig geschätzt hätte. Wieder einmal verfluchte sie ihre Unfähigkeit, Menschen anders anzuschauen als beobachtend, und sie sah einen jämmerlichen Greis, dumpf und zugleich berechnend in seinem Selbstmitleid. Er hatte immer noch nicht begriffen, daß es die eigene Kälte war, die ihn zum Gefangenen seines eigensüchtigen Herzens gemacht hatte. Hilde dachte sich ihn als Kind, betrachtete sein von ferne immer noch wohlgeformtes, ausdrucksarmes Gesicht und sah vor sich den Knaben, der er einmal gewesen sein mußte: ein kleiner Herr, der erzogen wurde, auf sich zu halten, ein niedlich geratener Knirps, der sich manierlich trug und einzig von dem Gedanken bewegt war, was ihm dies einbrachte. Dann sagte der neunundsechzigjährige manierliche Knabe mit zitternder Stimme: »Bleib.« Und »bleib« sagte auch die alte Magda Mümmler in der Küche und hatte plötzlich Hildes Hand in ihren schweren, verbrauchten Händen, die fast die Hände eines Mannes hätten sein können, und sagte: »Ich bin auch geblieben. Bei ihm und bei ihr. Sie sind nicht zum Bleiben, Hildele, aber man bleibt eben. Das ist halt so.« Der Schein der geblümten Küchenlampe glänzte ein wenig in ihrem dünn gewordenen Haar, von dem sie früher erzählt hatte, es sei, als sie noch ein Kind war, so voll und schwer gewesen, daß sie beim Muusgauer Trachtenumzug richtig daran zu schleppen gehabt habe.

Und Hilde blieb. Sie blieb zehn Jahre und pflegte die Schwester. Gegen Abend zwanzig Schritte im oberen Flur oder sommers durch den Garten, falls der Ziegelkopf sie hinuntertrug. Aber der machte sich nun rar, war viel unterwegs zwischen Stuttgart, Ulm und

Nürnberg und hatte wohl an jedem Punkt des spitzen Dreiecks ein Bett stehen. Irmtrauts Gebrechen hatte sich, was die bloßen Körperfunktionen betraf, in all den Jahren eher verbessert. »Steh auf, nimm dein Bett und wandle!« sagte Dr. Scheuerle immer wieder, der öfter hereinschaute, seit Hilde im Haus war. Aber Irmtraut stand nicht auf. Der Cognac wurde ihr zugemessen, und sie freute sich allabendlich darauf wie ein Kind auf eine wohlschmeckende Medizin. Es war, als verlösche ihr Leben allmählich, seit das Siechtum ihr die Kraft zum Bösen genommen hatte.

An einem stürmischen Novemberabend des Jahres 1970, als über Ried und Wald tiefe Wolken trieben, brach noch einmal die alte Irmtraut in ihr durch. Sie verführte die Schwester, ein Glas mitzutrinken, gab sich lebendig und zutraulich. Irmtraut war schnell angetrunken, doch wurde ihr die Sprache nicht breiig wie sonst. Sie formte sorgfältig und mit wachsemdem Tempo Wörter, die in langer Schweigezeit vorgefertigt zu sein schienen.

»Hilde, die gute, die weiße. Hast du schon mal einen umgebracht, Kleine? Nein, du nicht, nicht mal in Gedanken. Ich schon. Ich kann sie gar nicht mehr zählen. Ich habe mir schon als Kind immer ausdenken müssen, wie ich dich umbringe und den Alten. Später meine Männer. Es waren viel mehr, als ihr wißt. Und alle habe ich hingemacht in Gedanken. Und wenn sie hin waren, in Gedanken, war mir wohl, und danach elend. Ich wollte nicht so sein und wollte mit sechzehn katholisch werden, daß ich hinüber kann nach Höpflingen in die Kathrinenkirche und dem netten Kaplan beichten. Wenn ich hätte reden können. Vielleicht.

Aber so. Ich kann nichts dafür, daß mir's wohl getan hat überall, wenn andere sich gekrümmt haben. Mein SS-Hengst nicht. Mit dem war's anders. Von dem hätte ich mich umbringen lassen. Dann hab ich aber ihn umgebracht. Zusammen mit dem Alten. Es hat sein müssen. Da staunst du, Kleine. Da bist du nicht drauf gekommen in deiner frischen Kinderwindel von Seele. Ich habe in der Nacht einen nach dem anderen von den Brüdern besoffen gemacht, mit jedem getanzt und geknutscht, und weil Adolfs Geburtstag war, hat sich der Meine nicht wollen lumpen lassen und zugesagt, die Juden noch leben zu lassen über Nacht. Für uns war es aber wichtig, daß sie länger lebten, damit wir den Amerikanern etwas zum vorweisen hätten. Und drum haben wir den Meinen so angefüllt mit Genever und Schlafmittel, daß er nur noch hinausgekrochen ist in den Garten, um zu kotzen. Da sind wir ihm nach. Da lag er schon bewußtlos. Da haben wir ihn in den Wald gezogen, zwei Stunden haben wir gebraucht. Und es war günstig, daß der Ami so nah war und keine deutsche Polizei mehr im Ort, weil die sonst die Schleifspur noch gesehen hätten am nächsten Tag. Ich habe ihm den Mund aufgebogen, und der Alte hat geschossen mit dem Meinen seiner Pistole. Und in der Frühe, als man die Amipanzer schon schießen gehört hat von Gaisenbühl her, haben wir die Suffköppe von der anderen Seite her zu der Leiche geführt und haben gesagt: Ihr könnt es jetzt bloß noch genau so machen oder abhauen. Da sind sie weg wie die Schulbuben. Es ist wahr, Hilde. Schau nicht so. Du weißt zu wenig. Es ist lange her. Fünfundzwanzig Jahre. Du weißt nichts von der Zeit damals. Sie haben einem beigebracht, daß

alles erlaubt und recht ist, was dem Volk nützt. Also war uns alles erlaubt, was der Firma nützte. Sei froh, Kleine. Du hast damit nichts zu tun. Ich viel. Auch, daß ich dem Otmar den Hintern hingehalten hab für die Firma. Du hältst nichts von mir, gelt? Aber ein bißchen froh bist du auch drum, daß die Firma im Gutbrodtschen Besitz geblieben ist, gelt Kleine?«
Hilde war nicht im Haus geblieben in jener Nacht. Wie oft an den langen Abenden, wenn sie es nicht mehr ausgehalten hatte, war sie hinübergefahren in die Schergersheimer Bahnhofswirtschaft. Obwohl der letzte Zug von Crailsheim, an Schergersheim 22.07, 22.09 weiter in Richtung Stuttgart, längst nicht mehr verkehrte, ebenso wie auch der Gegenzug nicht, war die Bahnhofsgaststätte das einzige Lokal am Ort, das werktags noch nach zehn geöffnet hatte. Luigi, ein kleiner, dicker, lustiger Lombarde aus Pavia, hatte etwas daraus gemacht zwischen Wartesaal mit Stehausschank, Osteria und Bar. Dahin ging kein anständiger Bürger in Schergersheim. Dahin zog es aber aus dem ganzen Muusgau die Glasgucker und Würfler, die Knobler und Siebzehn-und-vier-Spieler, die Fernfahrer von der Überlandstraße Stuttgart–Zonengrenze, die kleinen Reisenden, wenn sie in ihren lautlosen Muusgauer Gasthöfen die Einsamkeit anfiel, die schlaflosen Frührentner, die versoffenen Fußballer, wenn die Vereinslokale schlossen, die ländlichen Zuhälter wo Heuschoberstrich, wenn der Verkehr dünn wurde auf der Landstraße. Die Gammler der gehobenen Klasse waren zugelassen, solange sie nicht bettelten, die Taschendiebe, die in den Zügen von Bahnhof zu Bahnhof reisten, solange sie sich nicht erwischen

ließen, die Durstkranken, solange sie still zitterten und nicht umfielen, die Fahrenden in der Nacht, alle, die es umtrieb im Dunkeln aus Gründen oder keinen Gründen, sie alle kamen zu Luigi.
Auch Hilde. Hier fragte keiner. Spieler und Säufer wunderten sich über nichts. Natürlich wußten die meisten, wer sie war, aber keiner verhielt sich so, als kennte er ihr gesellschaftliches Signalement im Muusgau. Sie konnte sich für zwei Stunden einbilden, sie sei nichts als dies: eine müde junge Frau, die Grund hatte, allein zu sein und langsam zwei Glas Bier zu trinken. Manchmal, wenn es sich in der Villa einrichten ließ, kam sie sogar tagsüber her, am liebsten am späten Nachmittag, stellte sich an einen der Stehtische und schaute durch die fliegenübersäten hohen Fenster hinaus auf den schmalen Bahnsteig, dessen Kante sich schüchtern vom Ende der Welt her an die Gleise schob. Immerhin verkehrte der D-Zug Paris–Prag hier, hielt aber natürlich nicht, schoß aus dem zu einem überraschten O geformten Tunnel unterm Galgenberg, verlangsamte kaum, pfiff wie zufällig, nahm den ordnungsgemäß aus seinem grüngestrichenen Dienstraum tretenden schnauzbärtigen Fahrdienstleiter Huppauf nicht zur Kenntnis, schnitt einen donnernden Graben in die Stille des Muusgaus, neigte sich schon in der langen Kurve, die ins Tal hineinführte, verächtlich weg von der Stadtseite, verschwand hinter der wehmütigen Kuppe des Rosenbühls und ließ die Stille über dem Bahnhof wieder zusammenschlagen, der für den Reisenden im Zug vorbeigeflogen sein mußte wie ein Zucken im Augenwinkel, wie eine winzige Irritation seitlich der Zeitung oder der Speisewagenkarte. Scher-

gersheim, vom D-Zug Paris–Prag aus gesehen, dauerte drei Sekunden und hielt sich doch wieder rührend dem nächsten Zug hin, hielt sich hin mit den alten, versplitterten bunten Blechschildern, auf denen ohne jede Erfolgsaussicht der Herr im Hut und der Mohr Villiger und Muratti anpriesen, hielt sich hin im Sommer mit flammenden Begonienkästen, mit einem Tannenbaum im Winter, mit dem Fahrdienstleiter Huppauf, dessen Gesichtsausdruck stets eine einzige Ordnungsgemäßheit war über dem Schnauzbart, und oben an der Kante der Bahnsteigüberdachung offerierte eine genau gehende Uhr die Zeit, die nicht verriet, wie langsam sie hier ging im Muusgau, und daneben hing die alte, verfleckte Blechtafel und erklärte mit schwarzen Buchstaben, daß all dies »Schergersheim a. d. Muus« sei, was aber niemand wissen wollte. Der Schergersheimer Bahnhof war der stillste Ort im Muusgau. Er war in all den Jahren Hildes liebster Platz.

Hier war das Schweigen am nachdrücklichsten, weil man nicht darauf gefaßt war bei einem Bahnhof. Man war es gewohnt über den hingeduckten Dörfern im Ried, über den runden Buckeln des Schergerwalds, über der Hochebene im Westen, überall unter dem großen Himmel, der morgens und abends tintig floß von violett über hellrot zu gelb und meergrün. Die vom Donner der Züge in langen Abständen unterbrochene Stille des Bahnhofs machte das Schweigen im Muusgau übermächtig. Es hatte aber nichts Feindseliges oder Abweisendes, wie es der amerikanische Garnisonskommandant Major Buchanan bei einem Sektfrühstück im Rathaus dem Himmel über seiner Heimat Arizona nachgesagt hatte, dem einzigen, der dem Himmel über dem Muusgau vergleichbar sei, wofür sich der Stadtpfleger Sautter zu Tränen gerührt bedankt hatte. Das Schweigen über dem Muusgau kündete eher von Langmut, die sich irgendwo jemand vorgenommen haben mußte mit den Leuten hier.

Laßt sie in Frieden. Sie halten sich nicht schlecht im großen und ganzen. Sie tun ihr Möglichstes im Guten, und wenn es nicht viel ist, so ringen sie es doch der Ängstlichkeit ab, die in ihnen ist aus Verlassenheit. So schien das Schweigen für Hilde zu lauten. Wer so schwieg, wußte sie nicht, denn an Gott oder Götter hatte sie nie geglaubt. Aber es sah jemand zu, das wußte sie. Es wartete jemand, das war deutlich. Es war aber keine Drohung in diesem Warten über dem Land. Stille vor keinem Sturm. Stille womöglich bis ans Ende der Tage, was freilich auch nicht leicht war. Nicht jeder vertrug, ein Leben lang aus der Höhe angeschaut zu werden mit diesem schweigenden Blick, unter dem er kleiner wurde von Jahr zu Jahr ohne Verheißung von Himmel oder Hölle, und darum schuf manch einer die Hölle in sich, weil es zum Himmel nicht reichte und er sich wenigstens spüren wollte im Bösen. Irmtraut, die Mörderin in Gedanken und Tat. Und war doch nicht so tief vorgedrungen ins Böse, daß sie es nicht noch hätte losreden wollen von sich, nun, da sie sich im Dämmer versinken fühlte in einer leeren Backsteinvilla, durch deren Räume ihr Vater und Mordgeselle nur noch geisterte als ein Gespenst. Reden, sich lossprechen, nach fünfundzwanzig Jahren des trotzigen Anschweigens gegen das größere Schweigen über dem Muusgau. Sich lossprechen, das hatte sie gewollt, von Glas zu Glas immer dringlicher, und bis zum letzten Wort um

schreckliche Genauigkeit bemüht. Und dann war sie ohne Übergang eingeschlafen, und Hilde hatte heftig gewünscht, es möge für immer sein.
In dieser Nacht schlief Hilde zum erstenmal mit Willi Schleh. Sie ging mit ihm aus der Bahnhofswirtschaft, deren Tür Luigi zufrieden hinter ihnen abriegelte, ohne ihnen nachzuschauen, ging wortlos mit ihm durch die windige Nacht in das dunkle Mietshaus am Stadtrand, ging mit ihm über die milchig beleuchtete Treppe nach oben. Sie legte sich zu ihm ohne Angst vor dem mächtigen Mann mit den Bretterhänden. Sie war einfach mit einem Mann, weil sie verstört war und einsam. Oder weil es Nacht war und es stürmte. Das eisige Tosen vor dem ersten Schnee. Als Kind hatte sie sich gefürchtet in solchen Nächten, wenn der Wald um die Villa krachte und der Hund im Hof heulte. Und nun lag sie mit Willi Schleh, dessen riesiger, fester Körper ihr in dieser Nacht zum Inbegriff von Lebendigkeit und warmer Nähe wurde.
Willi Schleh war fünfundvierzig, zwei pommersche Zentner Fleisch und Muskeln und ein stiller Mann. Es war gut trinken und schweigen mit ihm. Schlafen auch, wie Hilde jetzt wußte. Ein sanftmütig ruhender Stier, mit dem kein Streit zu haben war, denn er hatte dafür keine Wörter. Wer sich anlegte mit ihm, hatte es ohne Warnung sofort mit seinem Körper zu tun. Wer das wußte, begegnete ihm höflich. Der einsame Mann am hintersten Stehtisch neben dem Tresen der Bahnhofswirtschaft stand ruhig und mächtig wie ein Elefant an der Tränke. Der massive Tisch wirkte zierlich unter seinen aufgestützten Armen, das Halbliterglas Bier verschwand fast in der einen Hand, der Schnaps in der

anderen war überhaupt nicht zu sehen. Die ewige Zigarette hing in seinem Mund wie ein Hälmchen weißes Gras. Neben ihm waren alle Dinge eine Nummer zu klein. Doch mußte die breite Nase irgendwann Schläge eingesteckt haben, aber man mochte nicht wissen, wie der Gegner danach ausgesehen hat. Die straffe Kappe aus schon grau gewordenem Haar schien ein bißchen zu steil in die Stirn gezogen zu sein, immer wie zum Angriff, doch schauten die blaugrauen Augen, die slawisch weit auseinanderstanden, meist gelassen. Wo er hinblickte, sah es stets nach Ostsee aus, nach der Linie zwischen Himmel und Wasser, und doch er hatte seit seiner Kindheit das Baltische Meer nicht mehr gesehen. Viel Wind war schon früh durch sein Gesicht gegangen, das sah man. Nun war er Heizungsmonteur im Land herum, und seine Firma schickte mit Vorliebe ihn zu den Baustellen in den entfernteren größeren Städten. Er war einsam und zuverlässig, weder Familie noch Weibsbilder hielten ihn irgendwo, wenn er anderswo sein sollte. Er trank viel nach Feierabend und machte kein Hehl daraus, weil er es vertrug. Er liebte Lokale, aber nicht um der Gesellschaft willen, sondern offenbar, um inmitten von Suffreden und Spielersprüchen zur unsichtbaren Ostsee zu spähen.
In einen solchen Blick war ihm eines Abends im Spätsommer Hilde geraten und aus seinem Sinn nicht mehr gewichen. Das merkte sie wohl. Doch unternahm er keine Annäherung, vermutlich weil er dafür ebenso wenig Wörter hatte wie für Streit. Vier Wochen später trieben starke Wolkenbrüche und Verkehrsstauungen eine Horde Strolche aus der Frankfurter Gegend von der Autobahn herein, einen angetrunkenen Vorstadt-

louis und seinen Anhang. Der sah Hilde und quatschte sie an, worauf sie sich abwandte, aber der Lude hielt sie an ihrer blonden Mähne fest und zog daran wie an Zügeln eines Pferdchens. Der tat es aber nur Sekunden. Dann flog er durch das Fenster hinaus auf den Bahnsteig. Und während seine Kumpane die Totschläger und Messer zückten, ging Willi gelassen hinterher, hob den Mann vom Bahnsteig auf und warf ihn durch das andere Fenster wieder herein. Seine Garde steckte die Waffen ein und schleppte den Bewußtlosen wortlos nach draußen.
Seitdem waren sie stillschweigend Freunde, Hilde und Willi, standen nebeneinander an der Bar, tranken Bier, und Luigi legte immer lächelnd in der Jukebox für sie auf: »Di mi quando, quando, quando«. Für ihn waren sie ein Paar. Und nun, in der Sturmnacht, waren sie es wirklich geworden. Und Hilde war zufrieden, die Freundin eines Heizungsmonteurs zu sein, der von einem Ostseefischer abstammte und zwanzig Schnäpse trank, ohne zu lallen. Seine Seele war kindlich und sanft. Das reichte Hilde, auch wenn sie ihn nicht liebte. Der Teil ihres Lebens, in dem sie hätte an Liebe und Rausch und all das glauben können, war ihr vergangen wie Spreu im Wind, sie wußte nicht, wann. Sie war nun zweiunddreißig, hatte kaum Erfahrung mit Männern und hätte es weder ersprießlich noch passend gefunden, noch groß auf Expeditionen zu gehen. Um keinen Preis aber wollte sie länger die schöne Tochter des Grafen Backstein sein, wenn es sich ändern ließe. Die pommerschen zwei Zentner Willi Schleh kamen ihr gerade recht.
Im Morgengrauen fuhr sie zurück in die Villa und sah

schon durch den Wald nach der Einbiegung in den Privatweg die hellerleuchteten Fenster. Im Hof stand ein Notarztwagen und daneben der Diesel von Dr. Scheuerle. In der Halle deckten sie eben Irmtraut zu. Der Backsteingraf kniete vor ihr und schob noch eine seitliche schwarze Strähne unter das Tuch. Dann stand er auf und erblickte Hilde. Er wandte das Gesicht ab und sah hinüber zur Schmalwand, wo, von Geweihen umgeben, der Propeller einer Jagdmaschine aus dem Ersten Weltkrieg hing, in der Oswald Gutbrodts älterer Bruder angeblich einen Engländer abgeschossen hatte. Nach dem Krieg war er während der schlesischen Freikorpskämpfe ganz unfliegerisch ums Leben gekommen, verblutet an einem Schuß in den Hintern. Den Propeller hatte der Ziegelgraf immer wie eine Reliquie gehalten, und nun sah er tragisch hin und sagte: »Du hast sie umgebracht.« Dr. Scheuerle führte ihn nach oben. Die Sanitäter trugen die Bahre mit Irmtraut hinaus. Hilde sah hinterher, sah den verhüllten Körper horizontal entschwinden und wußte in diesem Augenblick schon nicht mehr, was es gewesen war, das dieses tote Gebilde von Zellen zu einem Wesen namens Irmtraut gemacht hatte. Eine diffuse Wolke von dunklen Regungen und Obsessionen, vielleicht aber auch von frühen Sehnsüchten und Träumen, die niemand erfahren hatte.
Irmtraut hatte, wie Magda Mümmler Hilde berichtete, gegen vier Uhr plötzlich schwankend an ihrem Bett gestanden, im Morgenrock, und mit der Peitsche gefuchtelt. Sie forderte Magda auf, neuen Cognac zu besorgen, drohte ihr mit der Peitsche, fiel aber auf das Bett, während sich Magda entsetzt anzog. Dann lief sie

in Gutbrodts Schlafzimmer, weckte ihn und eilte zurück. Vom hinteren Flur her sah sie Irmtraut an der Treppenbrüstung entlangtorkeln und wilde Peitschenhiebe in die Luft knallen. Eine Furie, sagte Magda, sei sie gewesen, aber selbst in diesem Zustand noch wie ein schönes Bild. Bevor Magda sie aufhalten konnte, sei sie am Treppenabsatz angekommen, die erste Stufe hinuntergestiegen, auf der zweiten getaumelt, dann schräg abwärtsgeflogen und mit dem Kopf aufgeschlagen genau auf dem Stück, wo die Steinfliesen frei lagen zwischen Treppenläufer und Teppich. »So eine Tragik«, sagte Magda.

Hilde saß bis zum Hellwerden in der Halle. Ihr Vater und Magda Mümmler schliefen, von Dr. Scheuerle mit Tabletten beruhigt. Von draußen riefen die Wintervögel aus dem kahl werdenden Schergerwald. Hilde sah etwas auf dem Boden liegen, halb unter die Teppichkante geschoben. Es war Irmtrauts Reitpeitsche. Hilde hob sie auf, ließ sie durch die Luft sausen, so, wie Irmtraut es wohl getan hätte, und steckte sie in den Schirmständer zurück. Dann ging sie nach oben und packte ihre Sachen.

Beim Frühstück sprach der Ziegelgraf kein Wort mit Hilde. Aber es war klar, daß er sie schuldig haben wollte am Tod ihrer Schwester. Es hätte nicht geschehen können, wenn sie im Haus gewesen wäre. Während er später weinerlich nach Otmar Kopf herumtelefonierte, der in der Nacht in dem von ihm angegebenen Ulmer Hotel nicht zu erreichen gewesen war, holte Hilde ihr Gepäck und verließ das Haus.

Im Frühjahr wollte das Maulzerreißen im ganzen Muusgau nicht aufhören, weil des Ziegelgrafen nunmehr einzige Tochter mit einem Heizungsmonteur in wilder Ehe lebe und darüber hinaus am Abend als Buffetdame in der Bahnhofskaschemme in Schergersheim arbeitete. Man hatte so etwas nicht für möglich gehalten, obwohl man bei den Töchtern Gutbrodt im Lauf der Jahre ja auf alles gefaßt gewesen war, aber die Hilde mußte nun noch verrückter geworden sein als die arme Irmtraut. Wärmte einem Habenichts aus dem Osten das Bett und genierte sich nicht, dem Bahnhofsgesindel die Biermamsell zu machen und brauchte doch nur in der Villa Ziegel mit Chauffeur und allem komfortabel abzuwarten, bis dem hinfälligen Grafen Backstein das Käuzchen schrie, und konnte dann ihr Erbe an der Ziegelei dem Ziegelkopf für ein Sündengeld verkaufen, das Haus dazu, und in Saus und Braus leben, wo sie wollte. Man konnte es lange nicht glauben, und es war doch so, und mancher Schergersheimer Bürger ging zwischen Nacht und Siehstmichnicht mit hochgestelltem Kragen zum Bahnhof auf ein flüchtiges Bier, um es mit eigenen Augen zu sehen, und wurde mit großer Selbstverständlichkeit empfangen, und konnte die Augen nicht lassen von der schönen Hilde hinter der Theke und sah in einem Geviert, in dem hübsch gedeckte Tische standen, drei andere Bürger sitzen, die auch nur für ein neugieriges Bier gekommen waren, und Luigi trug ihnen mit großer Höflichkeit lombardische Köstlichkeiten auf für billiges Geld, und später kamen zwei italienische Gitarrenspieler, die tagsüber im Kraftwerk arbeiteten, und spielten venezianische Volkslieder, und an der Stehbar achteten die Spieler und Zecher auf einen nicht zu rüden Ton und schauten, wenn sie sich vergaßen, teils entschuldigend zu Hilde,

teils vorsichtig zu Willi Schleh, der an der Fensterwand zwei Poolbillardtische aufgestellt hatte, auf denen er Kunststücke zeigte und seiner Partei Runde um Runde herausschoß. Mit großem Widerwillen gestanden es die Neugierigen auf dem Heimweg jeder für sich ein, daß dort eine Fröhlichkeit und ein Vergnügen wie an einem Urlaubsabend unter anderem Himmel geherrscht hätten. Und am nächsten Abend kam wieder ein Neugieriger und wieder einer, so daß allmählich das scheeläugige Gerede nachließ und eines Abends wirklich die Magda Mümmler hereinschaute auf einen Kaffee.
»Warum tust du das, Hilde?«
»Es war Luigis Idee, Magda, er ist ein Freund von Willi, und Willi ist mein Freund. Ich habe nicht viele Freunde. Da war keine Gelegenheit in Schergersheim. Ich habe den Willi und den Luigi. Und dich in der Villa. Aber da kann ich nicht leben. Ich will leben, Magda.«
«Dein Vater schämt sich zu Tode, Hilde.«
»Das denke ich mir. Aber er hätte schlimmere Gründe, sich zu schämen.«
»Wie du redest, Hilde.«
»Ich rede nicht, Magda. Wenn ich reden würde, wäre es schlimm für ihn.«
»Du machst das hier zum Spaß?«
»Zum Leben.«
»Du hättest das nicht nötig. Mit diesen Leuten.«
»Ich weiß keine anderen, Magda, sie sind nicht schlecht. Man kann ihnen trauen.«
»Du liebst diesen Riesenmann?«
»Ich bin bei ihm.«
»Und was wird aus dir, Hilde?«
»Ich arbeite. Ich habe einen Mann. Es geht ihm gut mit

mir. Die Leute hier mögen mich. Es geht ihnen gut hier. Manche trinken zu viel. Es sind arme Teufel. Manchem kann ich helfen.«

»Es ist Pack, Hilde.«

»Ich komme aus einer Villa. Ich war auf der Universität. Ich habe dort kein besseres Pack gefunden.«

»Aber es sind Diebe und Hurenhalter dabei.«

»Trink noch einen Kaffee und laß uns nicht mehr reden, Magda. Ich erzähle dir sonst eine Geschichte. Dann gehst du nicht mehr zurück in die Villa Ziegel.«

»Leb wohl, Hilde. Hildele . . .«

An einem heißen Juliabend hielt es den Backsteingrafen nicht mehr in seinen leeren Zimmern. Er zog sich an wie für einen Winterabend und ließ Otmar Kopf in seinem Büro aufstöbern. Der war froh, ihm zu Gefallen zu sein, denn er wollte ihm bald eine junge Ulmerin vorstellen, an die er sein Kaninchenherz verloren hatte. Die aber besaß nichts, und das würde dem Alten nicht passen. Der Ziegelkopf brauchte jedoch einen gnädigen Ziegelgrafen fürs Geschäft. So stützte er ihn die Treppe hinunter, schleppte ihn zum Wagen und fuhr ihn in die Stadt. Der Alte ließ ihn am Bahnhof halten und sah lange hinüber, wo aus lampionerleuchteten Fenstern Gitarrenmusik und Gelächter drangen. Die Bahnhofsgaststätte hieß nun »Stazione Termini«, wie eine mükkenumschwirrte Leuchtschrift in italienischen Farben verkündete. Der Ziegelkopf mußte den Ziegelgrafen schließlich über die Straße bringen und um den Bahnhof herum zu einer der Fenstertüren. Dort starrte er ohne Regung hinein. Da war Hilde. Da war ein Riesenmann mit grauer Haarkappe auf einem Klotz von Schädel, mit Ruderblättern von Händen. Die hielten

Hilde um die Hüften, die in diesen Händen völlig verschwunden waren, und dennoch atmete Hilde und lachte und war schöner denn je. Irgendwo brannten Kerzen auf einem Kuchenturm. Es mußte jemand Geburtstag haben, und dann fiel Oswald Gutbrodt ein, daß es der Geburtstag seiner Tochter war, die in diesem Augenblick von den Händen emporgehoben wurde, mühelos wie eine Schießbudenpuppe, und das ganze Pack klatschte und hob die Gläser und sang, und der Riese beugte die Arme, so daß Hilde aus der Höhe ein Stück heruntersackte, lachend, strahlend, auf das Gesicht des Mannes zu, und dann küßte sie es, und der Pöbel klatschte wieder und schrie, und Hilde hob den Kopf und blickte glücklich in die Runde und sah in diesem Augenblick ihren Vater vor dem Fenster, dick vermummt an diesem Sommerabend, unwirklich und blaß hinter der Scheibe. Und der Ziegelgraf sah in dem transparenten Spiegel einen Augenblick sein eigenes Gesicht und darüberkopiert das Gesicht seiner Tochter, sah Tod und Leben ineinandergeblendet, und er begriff einen Herzschlag lang sein verfehltes Leben, das nie lebendig gewesen war, so daß er also nicht sterben würde, sondern ihn jetzt das Tote, das immer in seiner Seele gewesen war, nur einholen würde auch im Körper. Seine Frau fiel ihm ein, die vor langer Zeit lebendig gewesen war. Ein Lachen aus Gärten am Rheinufer von Düsseldorf. Ein Mädchen, das bezaubernd lachte, und er mußte es haben damals, um sich lebendig zu fühlen, und als er es nicht konnte, mußte er das Mädchen, das seine Frau war, tot haben, um nicht verrückt zu werden vor Neid. Nun sah er sie wieder in der Fensterscheibe dieser elenden Kaschemme, und der gleiche Neid fiel ihn wieder an. Er hing taumelnd im Arm des ahnungslosen Otmar Kopf auf dem Weg zum Wagen zurück. Hilde, die aus der Gaststättentür getreten war, sah ihn gekrümmt einsteigen. Sie rührte sich nicht.

Der Backsteingraf starb gegen Morgen vor Sonnenaufgang. Magda Mümmler war bei ihm. Letzte Worte konnte sie nicht berichten. Es stellte sich aber später heraus, daß er in jener Nacht sein Testament geändert und Hilde aufs Pflichtteil gesetzt hatte. Bei seinem Begräbnis zog der Schergersheimer Gemeinderat hinter dem Sarg her. Ein Staatssekretär des Wirtschaftsministeriums sprach. Die Muusgauer Schützen schossen drei Salven. Der evangelische Dekan rühmte die Rastlosigkeit des Mannes. Nun ruhte er neben seiner Tochter Irmtraut. Und daß hier ein Mörderpaar lag, wußte kein Mensch. Wo die beiden aber den anderen Mörder im Wald verscharrt hatten, wußte erst recht niemand. Nicht einmal Hilde.

Sie kam im Herbst um die Genehmigung ein, im Wald hinter der Ziegelei einen Gedenkstein für ihn zu errichten. Sie ließ für viel Geld aus ihren eigenen Ersparnissen einen mächtigen Findlingsblock vom Muusufer herschaffen und auf ein Stück Moorland setzen. Die eine Seite wurde grob behauen. Irgendwann lasen Spaziergänger darin eingemeißelt: Den Opfern der Ziegelei 1943–45. Der Stein stand zwischen den längst farnüberwucherten Gräbern der Häftlinge. Es war ein Reden in der Stadt darüber, und Otmar Kopf wollte dagegen vorgehen in puterhafter Empörung. Der Gemeinderat beschloß aber, die Sache auf sich beruhen zu lassen. Monate danach sprach jedoch der

Stadtpfleger Sautter Hilde leise auf der Straße an. »Für ihn, haben Sie gesagt, wollten Sie einen Stein setzen, nicht wahr? Und nun, Fräulein Gutbrodt?«
»Es ist für ihn, Herr Stadtpfleger.«

Vier Jahre blieb sie bei Willi und wäre länger geblieben, vielleicht für immer. Wenn sie gekonnt hätte. Auch bei Luigi wäre sie geblieben, hätte noch lange gedient und regiert in der Bahnhofsgaststätte von Schergersheim und ihre Zufriedenheit gehabt an der eigenen Lebendigkeit inmitten der schweißigen Wärme der Geringen und Untüchtigen. Aber es ging anders mit ihr. Auf sie wartete ein Dunkel. Und ob es für Hilde Gutbrodt bereitet worden war von mächtiger Hand unter dem Schweigen des Muusgauer Himmels, so daß sie nur hineintappen mußte, oder ob es sich tief in ihr drin ausgebrütet hatte und nur nach außen brach im Frühsommer neunzehnhundertvierundsiebzig, ist ihr selbst niemals klargeworden. Den Richtern auch nicht. Doch mußten sie entscheiden nach dem Grundsatz, daß der Mensch die Wahl habe an der täglichen Weggabel zwischen dem Dunkel und dem Helleren. Aber es ist die Frage. Es wird manchen die Wahl freistehen und anderen nicht. Es gibt keine allgemeine Regel. Jedenfalls im Muusgau nicht. Im Muusgau gab es nur Geschichten, und von denen hatte jede ihr eigenes Gesetz.
Hilde war nun sechsunddreißig und voller geworden, was ihre Schönheit offensichtlicher machte. Nicht, daß sie sich zu Irmtrauts dreister Üppigkeit hin entwickelt hätte, ihre Erscheinung war jetzt nur eine rundere, weichere Version der früheren eckigen Gestalt. Längst

sah man in Willi Schlehs blaugrauem Fernblick nicht mehr die verlorene Ostsee. Sein steter Blickpunkt war nun zum Greifen nahe: Hilde. Sie war um ihn alle Tage, wenn er nicht auswärts auf Montage war. Nachts konnte er sie verschwinden lassen unter seinen streichelnden Ruderblatthänden, und morgens lag sie doch wieder wie neu hervorgebracht von der Nacht schlummernd neben ihm, wenn er erwachte und sie lange betrachtete. Abends ließ er nicht den Blick von ihr im Lokal, das dort, wo sie sich gerade bewegte, für Augenblicke hell und festlich wurde. Sie war ihm sicher und gehörte keinem anderen als ihm. Doch wußte er, daß er sie nicht besaß. Manchmal schlug er sie, schmerzlich und zu ihrem Erstaunen ungefährlich. Ein kleines Haus hatte er um sie herum gebaut am Hang des Rosenbühls über der Muus. Das war in Material, Ausmessung und Anordnung das Fischerhäuschen am Oderhaff, aus dem er hatte fliehen müssen, und war in Einrichtung und Stimmung unverkennbar die Villa hinter der Ziegelei, aus der sie geflohen war. Es wäre ein Leben gewesen für beide, aber er litt, und sie wußte es und konnte doch nicht heraus aus ihrer unsichtbar abgesteckten Zone der Unerreichbarkeit. Und so war Trauer in seinen Augen, wenn er mit immer ausladenderen Schultern über dem winzigen Bierglas lehnte, nicht mehr das Baltische Meer im Blick, sondern Hilde. Und diese war so endgültig nicht zu gewinnen, wie jenes endgültig verloren war.

Mit dem Lokal, das nun als »Stazione Termini« Ruhm und Ruch in der Gegend hatte, war Hilde eine Rarität gelungen. Die gastronomische Versöhnung des Gutbürgerlichen mit dem Unsoliden. Für jeweils einen

Abend trank man sich zusammen zu einem Volk. Es brauchten die einen nicht ihren Dünkel und die anderen nicht ihren Haß. Und sollte man dereinst höheren Orts Gericht halten über Hilde Gutbrodt, so müßte es ihr nicht gering veranschlagt werden, daß sie ein Stück Heiterkeit geschaffen hat im Zusammenleben der Menschen. Ein winziges Stück. Vier Jahre lang. Das ist nicht wenig.

Es war noch Bahnhofskneipe, Fallrechen für das Schwemmgut der nächtlichen Provinz, doch hatte es vom Kaschemmencharakter nur die Farbigkeit, den Charme des Galgenhumors, den unbewußten Witz des alkoholisierten Tiefsinns, nicht die Tristesse der Verkommenheit. Es ging hier keiner vor die Hunde.

Luigi begriff dies alles wohl in seiner weichen lombardischen Geschäftsseele als eine Art mailändisches Wunder im rauhen Muusgau, das ihm das Konto füllte. Seine dunklen Augen glänzten heller als sein spiegelnder, wohlgeformter Kopf, und jederzeit hätte er sein geliebtes Leben drangegeben, um auch nur den Schatten eines Unheils von Hilde abzuwenden. Aber er konnte es nicht verhindern. Allein sie selbst hätte sich retten können, doch hat der Abgrund seinen eigenen Sog, und niemand hat sie halten können.

In der Nacht zuvor hatte sie von den Händen geträumt, zum erstenmal wieder seit ihrer Kindheit. Es waren dieselben Hände wie damals, und sie blieben bei ihr die ganze Nacht. Am Morgen hatte sich Willi verabschiedet. Sie schickten ihn jetzt auf Montagen bis Frankfurt hinauf. Er war ihr bester Mann, und er hatte bei seinem Aufbruch darüber geflucht, denn sie verdarben ihm sein kindlichstes Vergnügen, das er neben der Lektüre von Seefahrtsromanen kannte. Es hatte in diesen Wochen die männlichen Gemüter aller Kontinente abwechselnd verzückt und betrübt und sah sich für uneingeweihte Augen als ein einfältiges Ballspiel von viel zu starken Kindern an, ein Wetteifer von zu groß geratenen Schulbuben, die mit Ernsthaftigkeit nicht oft genug einen Ball und sich gegenseitig treten konnten. Es waren aber entgegen dem Augenschein nicht knabenhafter Übermut und kindliche Albernheit, sondern etwas Seriöses und Wichtiges über die ganze Welt hin, kam in den Nachrichten vor den Katastrophen, verdrängte alles übrige von den Fernsehscheiben und hatte den Rang eines ungefährlichen Weltkriegs, der Teile des Globus in unermeßliche Trübsal, andere in den Taumel des Triumphs versetzen konnte. In dieser Zeit konnte ein richtiger Weltkrieg nicht ausbrechen, denn die Menschheit hatte keine Kraft für zwei solche Kriege auf einmal. So gesehen konnte Hilde einen Sinn in der Fußballweltmeisterschaft erblicken. Sie betrachtete mit den Gästen im Lokal oder mit Willi zu Hause gelegentlich die Kampfberichte aus den Sportstadien der deutschen Großstädte, am Gefechtsgeschehen weniger interessiert als an den Zuschauern, die da in einem technischen Spätzeitalter für anderthalb Stunden der frühen messianischen Mahnung »So ihr nicht werdet wie die Kinder« rührend Folge leisteten. Der verhaltene Willi war einer der Hingegebensten, und es schien Hilde, daß er, der Fremdling aus dem Osten, wenigstens auf dem Feld des Sports einer unbewußten Sehnsucht nach Zugehörigkeit freien Lauf ließ. Er fuhr verdrossen nach Frankfurt, weil er nun wichtige Spiele im Expertengremium der Bahnhofswirtschaft nicht sehen konnte. Er versprach aber, als ginge es dabei um einen Wunsch von Hilde, er werde pünktlich zum Endspiel zurück sein. Spätestens beim Anstoß werde er in der Tür stehen.

Nun saß sie im Gastraum, ganz allein. Die anderen waren im Nebenzimmer vor dem Fernseher. Durch die halb offene Tür drang die dramatische Stimme des Frontberichterstatters von einem Fußballkriegsschauplatz herein. Es war ein entscheidendes Gefecht im Gange, schon allein deshalb schicksalhaft, weil es ein Bruderringen war. Kämpfer aus München, Hamburg und Köln waren angetreten gegen solche aus Magdeburg, Leipzig und Dresden. Es wogten die Gemüter der zuschauenden Schergersheimer. Draußen wendete sich ein sonniger Junitag mit stumpfem Glanz in einen regnerischen Abend. Der Bahnsteig lag verlassen. Schneeballbüsche und Jasmin hielten matt ihre Blüten über das Gitter an der Rampe zur Frachthalle. In der Stille, die ein Zufall im Lärm des Nebenzimmers frei ließ, war die Stimme des alten Abendschein zu hören: »Ein Mensch . . . der Heini hat geschaut wie ein Mensch . . .«

Hilde hatte ihn vergessen. Der alte Abendschein war immer da, und man vergaß ihn immer, weil er immer da war, am Ecktisch in der Ofennische. Er schlief über seinem sommers wie winters angewärmten Bier, schreckte bei eintretender Stille hoch, sagte einen Satz, meist das Ergebnis einer tiefen Meditation, und döste wieder ein. Er war einer der letzten Besenbinder im Muusgau gewesen, brotlos geworden durch Fabriken, zum Trinker geworden durch Kummer, närrisch geworden vom Trunk. Nun reichte ihm ein halber Liter Bier zum dösenden Frieden. Er bezog Armengeld und wohnte in einer baufälligen Klitsche am Stadtrand. Er hatte nur seine Hasen.

»Der Heini war mein bester. Der hat geschaut wie ein Mensch. Und was hab ich gemacht? Ihn geschlachtet. So ist der Mensch.«

Er schluchzte auf und schlief wieder ein.

Ein Mann kam herein. Ein Fremder. Der hatte die unmerklich starre Haltung des geübten Trinkers, dem viele keinen Schluck ansehen, obwohl er voll ist. Der sah sich um und hatte von Hilde, die im Lichtkreis der einen brennenden Lampe saß, mehr gesehen als sie von ihm, der im Halbschatten stand. Er kam steifbeinig näher, setzte sich schwer und sagte erst hinterher: »Ist's erlaubt?«

Da sah sie die Hände. In Hamburg, das im Nebenzimmer lag und nicht an der Elbe, hätte in diesem Augenblick Müller fast ein Tor geschossen, doch er traf nur den Pfosten. Das Stadion jaulte auf.

Hilde sah die Hände aus dem Traum, und es war kein Irrtum möglich, denn es war abzulesen am klaren Geäder der Handrücken, an den Hügelketten der Knöchel, am Schwung der Sehnen, die von den Daumenballen her in die Handgelenke führten. Noch nicht zu überprüfen war die trockene Wärme der Innenflächen, aber es war klar, daß das kommen würde.

»Was trinken Sie?«

»Egal. Ein Bier.«

»Nicht lieber Kaffee?«

»Seh ich so aus?«

»Nein«.
»Was schaust du dann?«
»Ich schau nicht«.
»Doch, auf meine Pfoten. Was ist mit ihnen? Die sind zufällig gewaschen. Der Rest auch.«
»Ich bring ein Bier.«
»Bring dir einen Cognac mit oder einen Likör.«
»Danke. Jetzt nicht.«
»Ach, die Chefin, was? Wo ist die Bedienung?«
»Der Kellner schaut Fußball.«
»Stört dich das du? Dann sag ich Sie.«
»Das spielt keine Rolle.«
»Dann sag ich du. Ich heiß Joe.«
Da hatte sie für eine Sekunde die Innenfläche seiner rechten Hand auf ihrem Handrücken, und sie wußte, es war alles wahr. Jeder Traum damals, die ganzen dunklen, leeren Nächte in der Villa, um die der Wald gerauscht hatte oder geheult. Da war er bei ihr gewesen. Dieser Mann, der nun sagte: »Und du?«
»Hilde«.
»Das ist gut. Ich heiß Joe«.
»Ja, ich weiß.«
»Wenn ich blau bin, sage ich manchmal Sachen zweimal. Sonst nicht. Ich habe Pech gehabt. Seit drei Tagen nur Pech. Bis jetzt. Du bist mein erster Lichtblick seit langem.«
Genau bei diesem Satz war sie vom Tresen zurück, stellte das Bier vor ihn hin und setzte sich. Von da an ließ er ihre Hand nicht mehr los. Er erzählte irgendwas. Vorübergehend sei er Taxifahrer gewesen. In Crailsheim drüben. Viele Fahrten für Amerikaner. Viel Stunk. Viele Sachen bei Nacht und Nebel. Sie hatten ihn

gefeuert. Verworrene Geschichten. Sie verstand nicht alles. Sie hatte Angst, es könnte Luigi aus seinem Büro kommen oder der Kellner oder ein Gast aus dem Nebenzimmer und seine Hand auf der ihren sehen, und ein Wort davon zu Willi, und was Willi in sich anrichten würde mit dem Bild einer fremden Männerhand auf der ihren, schien schon beim ersten Drandenken ganz unausdenkbar. Sie war zu benommen, um sich zu sagen, daß in einem solchen Lokal die Hand eines Betrunkenen auf einer fremden Frauenhand nichts Besonderes war. Vom ersten Augenblick an fühlte sie ihr Geheimnis verraten vor aller Welt. Sie war nicht bei sich.
»Ich heiß Joe.«
Ein Betrunkener und eine Verrückte. Und die größte Angst war, er könnte sein Bier zahlen, hinausgehen aus der Bahnhofswirtschaft von Schergersheim und aus ihrem Leben. In Hamburg nebenan brüllten sie wieder. Breitner war zu Fall gebracht worden. Sie schrien nach Rache.
»Hilde, traust du mir?«
»Ja.«
»Ich dir auch. Kommen hier Männer her, die gelegentlich 'ne Waffe kaufen wollen?«
»Ich weiß nicht. Ich glaube nicht.«
»Ich hätte da was.«
Er griff neben sich auf den Stuhl. Da lag eine dunkelblaue Sporttasche. Er ließ ihre Hand los und zog am Reißverschluß, griff hinein und holte eine Pistole hervor. Matter Glanz von Stahl, eingelegtes dunkles Holz am Griff.
»Parabellum neun Millimeter. Ein schönes Ding. Fühl mal.«

Wieder nahm er ihre Hand, legte sie auf die Waffe und tat seine darauf. Sie fühlte unter der Hand den kühlen, glatten Stahl und auf der Hand seine Wärme, starrte auf diesen kleinen Turm aus einer Pistole und zwei Händen. Ihre Angst wuchs.

»Das Ding schießt genau. Ich könnte da oben auf dem Regal jede Flasche treffen und garantiert nur die, die du sagst.«

»Bitte steck sie ein.«

»Ist zu haben. Für drei Hunderter ist sie zu haben. Weißt du wen?»

»Warum fragst du nicht in Crailsheim?«

»Weil ich jetzt hier bin. Vorher wollte ich sie nicht weggeben.«

»Steck sie ein.«

»Ich glaube, ich behalte sie doch. Sie gehört zu mir. Fühl mal. Schön, nicht? Solange ich sie habe, verstehst du, brauche ich mir nicht alles gefallen zu lassen . . . vier Schuß sind drin . . . dreimal brauche ich mir nix gefallen zu lassen . . . und beim viertenmal endgültig nix mehr, verstehst du?«

Auf dem Tisch immer noch der Händeturm. Der alte Abendschein schlief zuverlässig. Im Nebenzimmer heulende Panik. Es hätte Sparwasser aus Magdeburg fast ein Tor geschossen. Draußen war es jetzt dunkel, und leichter Wind kam auf. Dann schreckte Abendschein hoch und faßte zusammen:

»Das Leben geht rum, und wo bleibt der Mensch?«

Hilde zog ihre Hand zurück. Und Joe die seine. So lag die Waffe einen Augenblick frei, und der alte Abendschein glotzte darauf und schlief wieder ein. Joe tat die Pistole in die Tasche und zog den Reißverschluß zu.

»Ich muß weiter. Ich zahl das.«
»Laß es stehen bis zum nächstenmal, Joe.«
»Was weiß ich, wann das ist. Habt ihr Zigaretten?«
»Draußen in der Halle, gleich links.«
Er klimperte mit den Münzen, ging mit seinem steifbeinigen Gang hinaus und nahm mustergültig die Kurve an der Theke. Die mittelgroße, schlanke Gestalt, der Kopf mit dem dunkelblonden, welligen Haar, alles schon früher gesehen von Hilde, alles von ihr im dunklen Zimmer damals im Nachhall des Traums aus den Händen gelesen. Und nun würde er gehen und vielleicht weitertrinken und am nächsten Tag nicht einmal wissen, daß er in der Bahnhofswirtschaft von Schergersheim gewesen war. Da griff sie sich die Tasche, behielt die Tür zur Bahnhofshalle im Auge, holte die Pistole heraus und legte sie in ihre Handtasche.
Als Joe wieder hereinkam, schreckte Abendschein abermals auf:
»Ein Viech bring ich nicht mehr um. Das weiß ich sicher.«
Im Nebenzimmer brüllten sie auf in Empörung. Dieser Sparwasser hatte ein Tor geschossen. Das stürzte sie in Verzweiflung. Joe nahm die Tasche und winkte undeutlich in den Raum.
»Leb wohl – wie hast du geheißen?«
»Hilde.«
»Ich heiß Joe. Lebwohl, Hilde.«
»Leb wohl, Joe.«
Sie wartete drei Tage. Das Wetter wurde schwül, aber ein Gewitter braucht lange, bevor es sich unter dem weiten Himmel im Muusgau zusammenzieht. Am Abend des vierten Tages schloß Luigi gegen halb elf. Es

war nichts los. Sie wollten sich alle schonen für das Spiel Deutschland–Jugoslawien. Hilde trat aus dem Bahnhof und ging zu ihrem Wagen. Kein Mond. Tiefe Wolken. Trockener Wind. Der Jasmin roch. In der Ferne Donner. Da stand Joe vor ihr.
»Hilde.«
»Joe.«
»Du weißt, was ich will.«
»Nicht genau.«
»Meine Pistole. Wieso hast du mir die Knarre geklaut?«
»Hab ich nicht.«
»Wo ist sie dann?«
»Keine Ahnung.«
»Du hast gesagt, ich kann dir trauen.«
»Das weißt du noch?«
»Ich weiß alles noch.«
»Ich auch.«
»Dann laß uns gehen.«
Das Unwetter brach los, als sie im Schutz von Holunder und Haselnuß in das Haus gingen, das Willi für Hilde gebaut hatte.
Von da an schlugen die Tage und Nächte über ihnen zusammen. Es war der Sommer, den sie sich ihr ganzes Leben lang jeden Sommer gewünscht hatte. Es muß immer eine Vorstellung in ihr gewesen sein von dem, was der Sommer war, und nun hatte sie ihn, vierzehn Tage und Nächte. Es war der erste Urlaub von der Kneipe für sie, und sie hatte Luigi etwas erzählt von einer Pflicht, eine Zeitlang wieder in der Villa Ziegel zu sein, wo Otmar Kopf mit seiner Ulmerin und zwei Kindern lebte. Hilde ließ sich mit Joe in der Stadt nicht

sehen und genoß dabei die Heimlichkeit, das geheimbündlerische Streifen in den Wäldern, die über ihnen rauschten und immer nach Ewigkeit klangen, jedenfalls nach einer halben. Sie genoß die Nächte in entlegenen Landgasthöfen und die Nachmittage an verborgenen Weihern, das Wandern in den Schwingungen der Wiesen, und das Schönste war zu wissen, daß keine Menschenseele davon wußte. Sie lag im Gras, teils Joes Gesicht über sich, teils den Himmel, der an irgendeinem Abend Wolkenbilder vom Süden heraufschob und nach Westen wegzog: Südost also. Das Wetter würde halten. Ein Weilchen. Lange. Und mußte doch irgendwann umschlagen zur Katastrophe, und durfte aber nicht sein, so daß ihr irgendwann, als sie lange genug ins Gras starrte zwischen Salbei, Klee und Skabiose, ein Gespinst im Grün des Wiesengrunds sichtbar wurde, das Gespinst eines Gedankens, tief unter allen Wörtern und wie ein Sog, so daß sie den Blick von der grünen Untiefe wegreißen und aufspringen mußte, davonjagen, verstört von der Entdeckung, wie schwindelnd tief ein Wiesenabgrund sein konnte.

Sie war doch frei! Sie war die letzte lebende Gutbrodt, und hinter ihr lag nichts, was nicht abzuwerfen gewesen wäre. Willi Schleh. Er hatte sie vier Jahre lang gehabt, jeden Tag, jede Nacht. Das mußte genug sein. Sie war jetzt sechsunddreißig und Gott sei Dank frei. Und sah aber plötzlich Willis Ostseeblick, der ihr galt und nicht der Ostsee. Und wußte, sie war nicht frei und würde es auch nicht werden. Sie sah diesen schäbigen Zuhälter, der damals ihr Haar berührt hatte, durch das Lokal fliegen, wie ein Geschoß das Fenster durchschlagen, auf dem Bahnsteig liegen ohne Laut, und sah den Wieder-

holungsvorgang von der anderen Seite her, sah den Mann wie einen Toten vor dem Tresen, sah den sanften Lombarden Luigi, dem alles Leben aus dem Blick gewichen war. Er hatte plötzlich ein Messer in der Hand gehabt, als die Strolche mit den Totschlägern fuchtelten. Er hatte das Messer leicht vorgestreckt und bewegungslos gehalten, und die Klinge war erst in den Griff zurückgeschnappt, als das Gesindel draußen war. Hilde sah das alles und wußte, sie war nicht frei. Sie hatte sich selbst gefangen in Luigis Lokal. Sie hatte sich verliebt in eine Sphäre, die Wohltat und Rettung gewesen war nach einem Totenleben in einer Totenvilla. Aber die Lebendigen hatten ihre tödlichen Gesetze nicht weniger als die Bürger. Den Ziegelgrafen hatte sie verlassen können. Willi und Luigi konnte sie nicht verlassen. Nicht wegen Joe. Oder sie würden ihn umbringen. Spät nachts im Gasthof, als Joe schlief, tappte sie zu ihrer Handtasche und grub die Pistole heraus, hielt sie in den Händen, bis der Stahl sich erwärmte. Lange saß sie so. Dann schlich sie wieder ins Bett.
»Hilde?«
»Joe?«
»Was ist?«
»Alles ist gut.«
»Ja.«
»Schlaf.«
«Du auch.«
»Hilde?«
»Ja?«
»Was wird mit uns?«
»Ich weiß nicht, Joe.«

»Kannst du noch aufhören, Hilde?«
»Ich glaub nicht.«
»Ich auch nicht.«
»Joe?«
»Hilde?«
»Weißt du, wo deine Pistole ist?«
»In deiner Handtasche. Ich hab dort schon in der ersten Nacht nachgesehen.«
»Warum hast du sie drin gelassen?«
»Ich brauch sie nicht mehr.«
»Weil du mich hast?«
»Ja.«
»Liebe, Joe, viel Liebe.«

Das Endspiel rückte näher. Der Sommer war hoch. Und die Deutschen hatten wieder die Polen besiegt, aber dieses Mal nur in dem, was die Zeitungen eine Wasserschlacht nannten. Doch nun schwangen die Tage wieder in goldener Hitze weit über dem Muusgauer Land, das im Vorgefühl des Endsieges taumelte wie die übrige Republik. Für Hilde und Joe aber strömte gegen Abend der Duft aus den Wiesen in langer, weicher Brandung an die Küste der Waldränder. In dieser Nacht rief Hilde von einem Gasthaus Willi Schleh in seiner Frankfurter Pension an. Der war ahnungslos, hatte inzwischen weder zu Hause angerufen noch bei Luigi. Sie erklärte ihm, sie sei in diesen Tagen bei Otmar in der Villa. Und fand hinterher schwer in den Schlaf, denn sie verachtete sich. Lange dachte sie an Irmtraut. Dies Spiel wäre ihr Fall gewesen. Nun schien es also doch das Gemeinsame der Gutbrodt-Töchter zu geben. Ging es auch ihr um Macht? Lag dies unwiderruflich auf dem untersten Grund der Liebe: Macht, Kampf um Besitz? Hatte sie sich nur von ihrer Familie losgesagt, war sie der Villa nur entronnen und weite Wege gegangen, um sich jetzt in dem Zwielicht zu entdecken, in dem sie Vater und Schwester so hassenswert gefunden hatte?

»Joe, wenn ich weit weg müßte, würdest du mitkommen?«

»Wohin?«

»Ich weiß nicht.«

»Warum müßtest du weg?«

»Vielleicht fliehen.«

»Vor wem?«

»Vor mir selber, Joe.«

»Und bei welcher Hilde soll ich dann bleiben? Bei der, die flieht, oder bei der, vor der sie flieht?«

Am Tag des Endspiels wurde der Himmel gegen Mittag weiß und flockig. Die Luft stand ohne Bewegung. In der Muus schnappten die Fische nach den tiefer schwirrenden Schwärmen. Auf den Weiden trat das Vieh unter den Baumschatten hervor und trottete zu den Wasserfässern. Eine Kuh wurde aus keinem Grund wild, jagte wieder und wieder gegen die geladenen Drahtzäune. Aus einem Forstgasthaus im Gnadental traten Hilde und Joe ins fahle Licht des Vorplatzes. Joe rauchte und gähnte, und Hilde blieb mit einem Ruck stehen, hob die Hände an die Schläfen und starrte hinunter auf ihren blassen, unbewegten Schatten im Kies, und da war der Gedanke ein Entschluß. Sie faßte Joe an der Hand und zog ihn mit großer Selbstverständlichkeit zu ihrem kleinen Peugeot, dem einzigen Wagen auf dem Parkplatz.

»Laß uns in die Stadt fahren.«
Die Fahrt an der Muus entlang, flußabwärts, Schergersheim zu. Hilde sah links drüben zwischen den Lücken der staubigen Büsche, wie sich die grünbraunen Fluten erst träge gegen das Wehr am unteren Muusbogen schoben, allmählich schneller glitten, schließlich rissen und dann böse schäumend in die betonierte Verengung des Werkkanals schossen. Die rote Rita fiel ihr ein, und Hilde versuchte, die Flußhöhe abzuschätzen, auf der sie die letzte Möglichkeit gehabt hätte, sich aus eigener Kraft aus der Strömung zu befreien. Dann nahm sie den Blick auf die Straße zurück. Dies war auch ihre Strecke. Parallel zum Fluß. Abwärts. Wo Rita schon in der Strömung getrieben hatte, fuhr Hilde, hatte das Steuer in der Hand, konnte jederzeit bremsen, abbiegen, umkehren, nichts war zu spät. Doch hatten auch Gedanken ihre Strömung. Joe stellte das Radio ab.
»Was ist mit dem Mann, Hilde?«
»Willi? Er ist weg. Das weißt du.«
»Und kommt er nicht noch manchmal?«
»Ja, aber es ist vorbei.«
»War er nicht gut zu dir?«
»So gut er konnte. Auf seine Art. Manchmal hat er mich geschlagen. Er war brutal und weich.«
»Ich bring ihn um, wenn er dich noch mal anrührt.«
»Wenn er dich je trifft, mußt du ihn umbringen, sonst bringt er dich um. Er ist schrecklich stark.«
»Ich hab keine Angst.«
»Du kannst ihn nur töten oder davonlaufen.«
»Davonlaufen tue ich nicht.«
In der Stadt hingen an den Zeitungsständen Sonderausgaben mit Vorberichten zum Endkampf der Götter.

Der holländische Gott hieß Johan Cruyff, der deutsche Franz Beckenbauer. Die Fotos zeigten aber ganz gewöhnliche, lachende, junge Männer. Ihre Göttlichkeit mußte sich unterhalb der Gürtellinie befinden. Ohne sich zu bemühen, nicht gesehen zu werden, fuhr Hilde mit Joe durch die Stadt, machte auch um den Bahnhof keinen Bogen. Es wurde schwüler. In der Gaststättentür erschien gerade Luigi und stellte Bierkästen an die Hauswand. Hilde winkte ihm im Vorbeifahren zu. Er sah sie, winkte zurück, erblickte Joe neben ihr und hielt in der Bewegung inne.

Das Fenster war offen, und aus benachbarten Fenstern drang vielfältig die raunende, brodelnde Erwartung des Münchner Stadions herein. Jede Sekunde mußte das Endspiel beginnen. Hilde und Joe lagen auf dem Bett. Mit dem losbrechenden Eröffnungsgebrüll ließen sie voneinander ab.

»Es kann vielleicht das letzte Mal sein, Joe.«

»Hilde!«

»Es kann sein. Es kann nicht sein.«

»Was redest du? Wir haben uns. Und wir behalten uns.«

»Wenn du es willst, Joe. Wenn du es so willst wie ich, Joe.«

»Ich will es so wie du.«

Mitten im Proteststurm gegen den früh verhängten Elfmeter hörte Hilde, wie sich der Schlüssel im Schloß der Haustür drehte. Sie hörte es nur, weil sie darauf gewartet hatte. Nicht viel später Willis Schritte auf der Holztreppe. Und die hörte Joe auch. Er richtete sich auf und lauschte, während er schon nach seinem Hemd griff.

»Da ist jemand im Haus!«
Hilde begann zu zittern. Joe hatte zwar den Schlüssel nicht gehört, wohl aber die Schritte. Diese Schritte waren also nicht nur in ihrem Kopf. Erst jetzt begriff sie, daß all dies wirklich war: sie nackt mit einem Mann im Schlafzimmer eines Hauses, das Willi Schleh für sie gebaut hatte, und Willi, zwei Zentner Fleisch, Muskeln, Sehnen, schon auf der Treppe. Dies war die Wirklichkeit und nicht mehr nur ein Gedanke, den sie auf dem Meeresgrund einer Wiese gefunden hatte. Ganz ohne ihr Zutun, schien ihr, hatte ein böses Denkgespinst Gestalt angenommen in der Außenwelt und war nicht mehr zurückzuholen in den Kopf. In diesem Augenblick schoß Neeskens in München den Elfmeter. Mit dem Wutschrei des Stadions pochte Willis Faust an die Tür.
»Hilde?«
Joe stand mit lautloser Schnelligkeit auf und fuhr in seine Hosen. In seinen Augen lagen Verblüffung und Alarm.
»Hilde, bist du da?«
Und gleich das ungläubige, heftiger werdende Schnallen an der verschlossenen Tür.
»Mach auf!«
Und fast ohne Gnadenfrist für die Tür begann schon das Splittern und Krachen. Joe stand bewegungslos am Fußende des Betts und starrte Hilde an. Ihre Hand fuhr zuckend unter dem Kopfkissen herum, kam mit der Pistole zum Vorschein und warf sie auf die Bettdecke an Joes Ende.
Das Splittern und Krachen der Tür und vom Fenster her das nach dem Wiederanstoß neu aufflackernde

Spiel. Und Hildes Stimme darin: »Du mußt schießen. Er bringt dich um.«
Dann stand Willi schwer atmend in der aufgebrochenen Tür, vorgereckt unter grauer Haarkappe mit aufgerissenem Mund. Er war für Hilde schon ein fremder Mann geworden und war auch nie anders als fremd für sie gewesen. Das wußte sie jetzt. Auch sie hatte gelitten, hatte seinen Schmerz Nacht um Nacht gebüßt mit der barmherzigen Nähe, die ihr vier Jahre lang möglich gewesen war zu einem Fremden, der nun in sonderbarem Einklang mit den Massen im Fernsehen über ein Foul an Beckenbauer zu schreien anfing, einfach Luft aus dem offenen Mund stieß, seltsam hoch, kläglich, ein riesiger, fremder Junge in wütendem Protest gegen die Welt und was sie ihm antat, der nun die Fäuste hob und nach vorn stürzte und geradezu unwirklich schnell, als brauche er keine Schritte, ganz dicht vor Joe war. Dann prallte er zurück und taumelte. Hilde hatte den Schuß kaum gehört. Er war untergegangen im Hoffnungsschrei aus München, denn Vogts war rechts durchgebrochen, doch Jongbloed boxte zur Ecke. Willis Oberkörper kam vornüber, dann fiel er aber schräg nach hinten aufs Bett. Die nackte Hilde. Der halbnackte Joe. Willi mit vorne zusammengezogenen Schultern seitlich auf dem Bett. Und in München drang Hölzenbein in den holländischen Strafraum ein. Willi hielt beide Hände gegen das linke Schlüsselbein gepreßt. Unter ihnen quoll Blut hervor, und Hilde sah es und wußte, daß sie Blut in ihren Gedanken nicht gesehen hatte, obwohl es blutige Gedanken gewesen waren, und ermaß mit dröhnendem Kopf ein zweites Mal den Abgrund zwischen Denken und Tun und begriff

zugleich, daß sie das Tun mit dem Denken schon begonnen hatte. Willis Gesicht war fast so hell geworden wie sein Haar. Er sah zu ihr auf. In seinem Blick war weder Frage noch Empörung, er schien sich allein auf die Schmerzen zu konzentrieren. Als Hilde sich über ihn beugte, drehte er den Kopf weg und schloß die Augen.

»Schick die Hure raus.«

Hilde schaute Joe an, und der schaute Willi an mit einem ersten, ihm noch unbewußten Anflug von Respekt.

»Zieh dich an, Hilde.«

Noch sah sie Joe an und wußte, daß er ihren Blick spürte, doch er hielt die Augen auf Willi.

»Schick sie raus.«

Stille im Stadion. Es dauerte, bis der Ball nach einem Aus wieder im Spiel war.

»Geh raus, Hilde.«

Da sah sie sich wie von außen und aus großer Höhe den Kopf senken, die Kleider zusammenraffen, sah sich mit albern vor die Brüste gepreßter Bluse über den weißen Wollteppich trippeln, ein Schulmädchen, durch lächerliche Umstände nackt irgendwelchen Männeraugen preisgegeben und die banale Situation durch linkische Scham unnötig unwürdiger machend, irgendeine Miefsituation aus irgend einer Schulmädchenbiographie, die nichts mit ihr zu tun hatte, sah sich wie durch ein umgekehrt gehaltenes Fernglas: so weit von sich weg, so tief unter sich. Und war doch dieselbe Hilde Gutbrodt, die durch einen kühnen, maßlosen und radikalen Gedanken die Liebe hatte gewinnen wollen und den Sieg über die eigene Feigheit, der sie sich fast schon ergeben hatte. Sie hätte sich für immer gefügt in ein Leben mit einem naiven Hünen von sanftem Gemüt und einem Ausdrucksvermögen, das nur im Einsatz oder in der Bändigung seiner mörderischen Kraft bestand. Sie hätte sich damit begnügt, mit einem Gigantenkind zu leben, das man umbringen müßte, um sich von ihm zu trennen zu können. Aber dann war der Mann aus ihrer Kindheit in das Bahnhofslokal getreten und damit die Entdeckung, daß die Realität eines Menschen in den Träumen wohnt.

Und so hat sie es später den Richtern in deren Sprache übersetzt, die freilich eine Sprache der zufälligen Wirklichkeit und nicht die Sprache der innersten Wahrheit war, denn die hatte keine Wörter. Geplantes Herbeiführen einer Situation, in der mit fast zwingender Notwendigkeit der eine ahnungslose Mann den anderen ahnungslosen in Notwehr erschießen mußte. In heimtückischer Absicht, dadurch den ungeliebten Mann für immer loszuwerden und zugleich den geliebten Mann für immer an sich zu binden. So zutreffend und bedeutungslos kann die Sprache der Wirklichkeit sein.

Hilde war an der Badezimmertür, als in den Lautsprechern ringsum das Land tosend seinen Retter bejubelte. Breitner. Das Ausgleichstor.

»Mensch ... Mensch, was ist das für eine Scheiße, Mensch –«

»Ihr Schweine.«

»Ich hab schießen müssen ... wenn du mich zu fassen kriegst, bin ich doch hin ...«

»Schweine.«

»Ich ruf einen Arzt an ... es ist die Schulter ... es ist bloß die Schulter ...«

»Wer bist du?«
»Ich heiße Joe . . . du bist der Willi, wie?«
»Wer denn sonst? Und du? Wieso? Bist du verrückt? Mit meiner Frau? Hier? Dich bring ich um.«
»Es ist aus zwischen euch. Sie ist frei.«
»Seit wann? Das ist unser Bett, unser Haus.«
»Du wohnst hier noch?«
»Wo denn sonst? Ich war bloß auf Montage in Frankfurt, sie hat gewußt, daß ich komme, hat sie gesagt, es ist aus?»
»Mensch . . . Mensch, Willi . . . Das hab ich nicht gewußt . . . ich hätte sonst niemals . . .«
»Bring einen Schnaps. Im Kühlschrank. Der Korn.«
»Ich rufe einen Arzt an.«
»Schnaps! Ruf Luigi an. Den Bahnhofswirt. Der kennt sich aus damit. Kein Arzt. Der muß das melden. Dann wird die ganze Scheiße breitgetreten.«
»Mensch, Willi . . . ich bin ein Idiot. Die Hilde spinnt. Die ist wahnsinnig. Die wollte, daß ich dich . . . Willi, sie muß krank sein . . .«
»Den Schnaps, verdammt noch mal! Hör auf mit der Hure!«
Sie war im Bad, hockte auf dem Wannenrand, hörte die Stimmen der Männer, noch erregt, aber sachlich, dabei mit einer wohlversteckten ersten Wärme. Das war die Wirklichkeit. Zwei Männer klärten ein Mißverständnis, das in die Welt, die ihren Vorstellungen im allgemeinen gehorchte, gekommen war durch eine wahnsinnige Hure.
«Luigi kommt.«
»Gib noch einen Schnaps.«
»Hast du was dagegen, wenn ich . . .«

»Bedien dich, Arschloch.«
»Sie muß es darauf angelegt haben.«
»Hör mit dem Hurenarsch auf. Weißt du, wie das Endspiel steht? Ich rase von Frankfurt her, weil ich's sehen wollte mit ihr . . .«
»Ich hätt's gern gesehen, aber sie wollte unbedingt ins Bett, entschuldige . . .«
«Pscht! Hör mal, der sagt grad was! Mensch, das steht eins–eins, komm, gib Schnaps, Mensch.«
»Hast du keinen Fernseher? Man könnte doch . . ., bis Luigi kommt . . .«
»Zerreiß das Laken, mach mir 'ne Schlinge da rum . . .«
Als Hilde aus dem Badezimmer trat, waren sie schon unten. Von dort drang die Stimme des Reporters über die Treppe herauf, die dritte Männerstimme im Haus, welche die Wirklichkeit erklärte nach Regeln und Formen. Klar überschaubar alles. Dinge, die sein durften und die verboten waren. Angriff und Verteidigung, Scheitern und Gelingen. Und vor der Mattscheibe, hingegeben an diese Wirklichkeit, ihr gehorsam angehörend mit Haut und Haar, zwei Männer. Der eine hatte einen Schulterschuß, der andere hatte auf ihn geschossen. Aber sie waren gemeinsam in München. Dort ängstigten und freuten sie sich. Hier saßen nur ihre Körper, die sich fortschreitend mit Alkohol und Nikotin füllten.
Hilde sah die Pistole auf dem Fußende des Betts liegen, dort, wo Joe sie losgeworden war, um sich um Willi zu kümmern. Dieses nutzlos gewordene Requisit, eine Parabellum neun Millimeter mit vier Schuß, war nun der einzige und letzte Bestandteil eines Traums. Ein winziger Meteorit aus einer anderen Welt.

Cruyff und Rep waren auf und davon, vor ihnen nur noch Beckenbauer, der, sich rückwärts bewegend, klug diagonal zwischen ihnen lief, halb einen Schuß von Cruyff erwartend, halb einen Paß auf Rep. Maier eilte aus dem Tor, doch nicht zu weit. Es kam der Paß zu Rep. Der schoß. Maier hatte richtig verkürzt und hielt.

Dort waren ihre Seelen, ihre Träume von Glück und Größe. Ihre Hüllen waren hier. Hilde sah sie von der Diele aus durch die offene Tür, die Rücken ihr zugewandt, vor dem zu bunt leuchtenden Bild sitzen, bewegungslos. Zwei Körper, denen sie gehört hatte und für die sie also auch nicht mehr gewesen war als ein Körper.

Bonhoff war auf dem rechten Flügel durchgebrochen. Ein kurzer Rückpaß zu Müller. Der schien den Ball zu bekommen, stolperte, fiel und kam wieder hoch in einem und schoß flach ins Tor.

Mitten im Jubel schoß Hilde viermal. Wieder war es kaum zu hören in dem im Toben um das Münchner Glück. Sie ließ die Pistole fallen, wo sie stand. Stand lange so und dachte undeutlich an die Moorinsel im Wald hinter der Ziegelei, an die vergessenen Gräber im Rauschen der Bäume, und kehrte dorthin zurück. Im nachlassenden Jubel hörte sie die Hausglocke, weit weg. Es mußte Luigi sein. Sie öffnete.

»Was ist passiert, Hilde? Was für ein Mann hat mich da angerufen?«

»Ich weiß nicht, Luigi. Ich habe ihn nicht gekannt.«

Er ging an ihr vorbei ins Wohnzimmer. Hilde stieg die Holztreppe hinauf. Es war sehr still. Halbzeit. Unten ein leiser Schrei von Luigi, kein Wort, nur der Laut

eines Menschen, der unversehens das Grauen sieht. Kurz darauf hörte sie, wie Luigi mit der Polizei telefonierte.
Hilde Gutbrodt, vom Gericht im Einklang mit dem psychiatrischen Gutachter der Anklage und entgegen den psychiatrischen Gutachten der Verteidigung, für voll zurechnungsfähig erklärt, wurde kurz vor Weihnachten neunzehnhundertfünfundsiebzig wegen doppelten Mordes zu einer lebenslänglichen Freiheitsstrafe verurteilt.
Die Ziegelei stellte zu Beginn der Achtzigerjahre ihre Produktion wegen Unrentabilität ein. Das Gelände wurde von der Gemeinde Brimmern erworben, die darauf ihr im ganzen Muusgau beliebtes Waldfreibad erstellte. Wo die Villa Ziegel stand, ist heute ein Fußballplatz.

Sibylle Knauss

Das Herrenzimmer

Roman. 208 Seiten, gebunden

»Sehr deutlich, beinahe mühelos macht die Autorin in einer klaren, gängigen Sprache Irritation und Widersprüche menschlicher Beziehungen sichtbar, nimmt eingefahrene Verhaltensweisen kritisch unter die Lupe, liefert genaue Beschreibungen von Menschen und Situationen und widmet viel Aufmerksamkeit seelischen Zuständen, ohne den Leser zu überfordern oder gar zu langweilen . . .
Man kann den Roman unter verschiedenen Aspekten lesen: als ironisch übertriebenen Angriff auf die von Haß und Rivalität bestimmte Männergesellschaft, als Plädoyer für mehr Verständnis füreinander, als Aufruf an die Männer, sich ihrer Ängste und Schwächen nicht zu schämen, sowie als Mahnung an alle vorwärtsstürmenden Frauen, Erbarmen mit den Partnern zu haben und sie auf den Wegen der eigenen Emanzipation nicht zu übersehen.«

Ursula Homann
in ›Frankfurter Allgemeine Zeitung‹